DER VORNEHME MÖRDER
Roman

Victor Gunn

Impressum

Text:	© Copyright by Victor Gunn/ Apex-Verlag.
Lektorat:	Dr. Birgit Rehberg.
Übersetzung:	Aus dem Englischen übersetzt von Irene von Berg.
Original-Titel:	*Mad Hatter's Rock.*
Umschlag:	© Copyright by Christian Dörge.
Verlag:	Apex-Verlag Winthirstraße 11 80639 München www.apex-verlag.de webmaster@apex-verlag.de
Druck:	epubli, ein Service der neopubli GmbH, Berlin

Printed in Germany

Inhaltsverzeichnis

Das Buch (Seite 4)

DER VORNEHME MÖRDER (Seite 6)

Das Buch

Bisher hat Lord Frederick Traviston gern seinen guten Namen für jene dunklen Finanzgeschäfte hergegeben, die Sir Hugo Vaizey so trickreich einzufädeln weiß, dass niemand ihm und seinen Kumpanen, zu denen außer Traviston noch Colonel Petherton-Charters und Bruce Aldrich gehören, jemals auf die Schliche kam. Alle sind sie reich geworden, doch nun plagt Traviston sein Gewissen. Er will aussteigen und sich womöglich der Polizei stellen - ein Vorhaben, das Vaizey keinesfalls dulden will...

Der Roman *Der vornehme Mörder* von Victor Gunn (eigentlich Edwy Searles Brooks; * 11. November 1889 in London; † 2. Dezember 1965) - ein weiterer Fall für Inspektor Bill Cromwell - erschien erstmals im Jahr 1942; eine deutsche Erstveröffentlichung erfolgte 1968.

Der Apex-Verlag veröffentlicht eine durchgesehene Neuausgabe dieses Klassikers der Kriminal-Literatur in seiner Reihe APEX CRIME.

Der vornehme Mörder

Erstes Kapitel

Die vier Männer, die sich nach dem Abendessen in Lord Travistons Bibliothek zurückgezogen hatten, um dort in Ruhe ihre Zigarren zu rauchen, fühlten sich nicht ganz wohl in ihrer Haut. Eine unbestimmbare Spannung lag in der Luft - eine Spannung, die mit der gemütlichen Atmosphäre des Zimmers durchaus nicht in Einklang stand. Es war ein friedlicher, zur Besinnung einladender Raum mit hoher Decke, einem sehenswerten offenen Kamin und schweren Bücherregalen aus Eichenholz, vollgestopft mit Büchern aller Art - rare Erstausgaben neben Unterhaltungsliteratur in grellbunten Umschlägen. Diese Buchreihen hatten Sir Hugo Vaizey, der zur Pedanterie neigte, immer gestört. Seine kritischen Bemerkungen über die Unordnung auf Bücherregalen und im Zimmer selbst hatte Seine Lordschaft lachend mit dem Hinweis abgetan, er möge sich zum Teufel scheren; das sei schließlich seine Bibliothek, und er wolle sie nicht anders eingerichtet haben.

Tatsächlich spiegelte die Bibliothek getreu die Einstellung ihres Besitzers dem Leben gegenüber. Der sechste Baron Traviston, Träger eines guten, ehrenvollen Namens, war ein Mann, der das Leben bis zur Neige ausgekostet hatte und stets den Weg des geringsten Widerstandes wählte, der seine Probleme immer beiseiteschob, statt sich ernsthaft mit ihnen zu befassen.

Dieser schöne alte Raum mit den alten Drucken - auf denen joviale, dicke Männer Krüge mit schäumendem Bier hoben -, mit dem über Jahre hinweg angesammelten Kleinkram, mit seiner gemütlichen, altmodischen Atmosphäre, verkörperte all das, was den Charakter seines Eigentümers ausmachte. Lord Traviston war entschlossen, sich an diesem Abend einem Problem zu stellen, das seit vielen Monaten seine Seelenruhe störte. Wie jeder charakterschwache Mensch, der sich endlich zu einem Entschluss durchgerungen hat, gedachte er eigensinnig bei seiner Meinung zu bleiben.

Colonel Petherton-Charters und Bruce Aldrich, die ihren Gastgeber seit Wochen nicht mehr gesehen hatten, waren von der Veränderung in ihm mehr als überrascht gewesen; Vaizey hatte sich nicht anmerken lassen, ob ihm etwas aufgefallen war. Bei ihm wusste man nie, was er dachte. Den anderen kam es vor, als sei Traviston in den letzten Monaten um Jahre gealtert.

Das Gespräch in der Bibliothek dauerte schon seit einer Weile an. Traviston hatte meist das Wort geführt, war unruhig vor dem Kamin auf und ab gegangen und hatte seine Bemerkungen mit heftigen Gesten unterstrichen. Sir Hugo Vaizey saß ruhig, leidenschaftslos und fast Verachtung ausstrahlend in seinem Sessel, ohne sich die Mühe zu geben, seine Ungeduld zu verbergen. Aldrich und Petherton-Charters waren sichtlich unangenehm berührt, was vor allem letzterer durch seine Miene schockierter Ungläubigkeit bekundete.

»Sie sind krank, Traviston - daran liegt es bei Ihnen«, fiel Sir Hugo seinem Gastgeber ins Wort. »Ihre Nerven spielen Ihnen einen Streich, mein Lieber. Warum entspannen Sie sich nicht eine Weile? Eine Seereise...«

»Nein, Vaizey, Sie bringen mich nicht vom Thema ab«, erwiderte Traviston hartnäckig. Die Augen in seinem blassen, von Sorgenfalten durchzogenen Gesicht flackerten. »Eine Seereise würde gar nichts nützen. Es gibt überhaupt nur ein Heilmittel für meine Beschwerden...«

»Sie verlangen zu viel, Traviston«, sagte Vaizey schroff. »Ihr Verstand müsste Ihnen doch schon sagen, dass es nur eine einzige Möglichkeit gibt, aus der Sache auszusteigen. Wir verschwenden nur Zeit. Am besten gehen wir zu den Damen zurück.«

Er warf Petherton-Charters und Aldrich einen Blick zu; die beiden Männer machten Anstalten, sich zu erheben. Vaizeys Worte hatten wie ein Befehl gewirkt. Sie vermieden es, ihren Gastgeber anzusehen.

Die Spannung wuchs...

Auf die ein wenig melodramatische Reaktion Lord Travistons waren sie nicht gefasst. Er ging zur Tür, drehte den Schlüssel um, zog ihn ab und steckte ihn in die Tasche. Sein schwach entwickeltes Kinn war trotzig vorgereckt, auf seiner Stirn zeigten sich winzige Schweißtröpfchen.

»Niemand verlässt das Zimmer, bis ich gesagt habe, was ich sagen will.« Travistons Stimme klang schwankend, aber entschlossen. »Warum, glaubt ihr, habe ich euch in die Bibliothek gebeten? Warum überhaupt die Einladung heute Abend? Ich kann nicht mehr weitermachen, Vaizey und ich lasse mich von Ihnen auch nicht mehr einschüchtern wie früher.«

»Na hören Sie, Traviston!«, sagte Sir Hugo missbilligend.

»Ja, allerdings, verflixt noch mal!« warf Colonel Petherton-Charters ein. »Eigentlich doch recht unnötig, diese melodramatischen...«

»Ich wäre Ihnen dankbar, wenn Sie sich aus der Sache heraushalten würden, Fruity«, zischte Traviston. »Die neue Firma, die Sie da auf die Beine stellen wollen... Ich gebe meinen Namen nicht dafür her, Vaizey, verstehen Sie? *Consolidated Apex*, dass ich nicht lache!«

»Mein lieber Traviston, Sie reden Unsinn«, erklärte Vaizey sachlich. »Ich arbeite seit Monaten an diesem Projekt, und wir sind fast so weit, dass wir mit der Kampagne beginnen können. Ihr Name ist ein wichtiger Teil der ganzen Struktur. Für den Erfolg gibt er zwar nicht, wie früher, den Ausschlag, aber er stellt immerhin einen erheblichen Wert dar. Du lieber Himmel, Mann, haben Sie etwas dagegen, auf völlig sichere Weise fünfzigtausend Pfund zu verdienen?«

»Von *sicher* kann gar keine Rede sein!«, fuhr ihn Traviston an. »Es ist verdammt gefährlich, das wissen Sie sehr wohl.«

»Habe ich uns jemals in Gefahr gebracht?«, fragte Sir Hugo erbost. »Werden unsere Geschäfte nicht seit vielen Jahren absolut gefahrlos abgewickelt? Mehr noch: Sind wir nicht alle reich? Sie benehmen sich sehr kindisch, Traviston. Das neue Unternehmen ist von relativ geringem Umfang. Wenn alles glatt geht, verdienen wir netto zweihunderttausend. Zu gleichen Teilen, wie üblich...«

»Nicht übel, was?«, meinte *Fruity* Petherton-Charters erfreut. »Verflixt noch mal, Traviston, Sie können sich auf Sir Hugo wie immer verlassen. Ich meine, er hat uns doch immer durchgeboxt. Jeder trägt seinen Teil dazu bei, und dann brauchen wir nur noch das Geld einzustreichen!«

»Genau!«, sagte Lord Traviston. »Das ist genau das, was ich meine, Fruity.« Er wandte sich wieder an Sir Hugo. »Wir sind reich. Sie haben es eben selbst ausgesprochen, Vaizey. Wir alle sind reich. Warum dann, um Himmels willen, unsere Stellung, ja, unsere Freiheit, durch dieses neue und meiner Meinung nach überaus riskante Unternehmen aufs Spiel setzen? Müssen Sie immer so weitermachen? Sind Sie niemals zufrieden?«

Sir Hugo lächelte grimmig. Er hatte den feinmodellierten Kopf mit den grauen Schläfen ein wenig nach vorn geschoben. Sein gelehrtenhaftes, glattrasiertes Gesicht wurde durch Lachfalten um die Mundwinkel aufgelockert. Er strahlte eine Aura von Macht und Kraft aus, die erklärte, warum er in Finanzkreisen einen so hohen Ruf genoß. Sein Lächeln blieb, als er Lord Traviston betrachtete, aber seine Augen weiteten sich ein wenig, sein Blick wurde kälter.

»Stehenbleiben heißt stagnieren, mein lieber Traviston«, erwiderte er gelassen. »Wenn wir dauerhaften Wohlstand genießen wollen, müssen wir weitermachen. Diesen Grundsatz sollte selbst ein Schwachsinniger begreifen...«

»Jetzt sind wir also bei persönlichen Beschimpfungen angelangt«, sagte Lord Traviston bitter. »Ich habe befürchtet, dass es dazu kommen wird. Nennen Sie mich einen Schwächling, wenn Sie wollen, einen Halunken, wenn es Ihnen beliebt, aber ich weiß, wann ich genug habe. Ich erkläre Ihnen ein für alle Mal, Vaizey, dass ich aus - aus dieser unheiligen Allianz endgültig aussteige.«

Es wurde still. Lord Traviston zitterte am ganzen Körper, während Sir Hugo Vaizeys Blick unverwandt auf ihm ruhte. Fruity rutschte verlegen auf dem Stuhl hin und her. Aldrich, dick und schweratmig, richtete sich auf.

Es war soweit. Die Kraftprobe, die alle drei Eingeladenen halb erwartet, halb befürchtet hatten, ließ sich nicht mehr vermeiden. Traviston hatte in den letzten Wochen mehr als einmal erkennen lassen, dass er unbedingt aussteigen wollte.

Bis zu diesem Abend hatten sie ihn jedoch nicht allzu ernst genommen, denn er war immer schon ein schwacher Mensch gewesen und hatte bisher kaum Schwierigkeiten gemacht. Die Hochfinanz war nicht seine Stärke; ihre Komplikationen und Verästelungen hatten ihn von Anfang an verwirrt. Er war reich, sein Name galt viel, durch seine Verbindung mit Sir Vaizey hatte er in hohem Maße profitiert. Sein Kardinalfehler - die eine, entscheidende Schwäche, die er stets bedauerte - lag darin, dass er es Vaizey gestattet hatte, ihn zum Verbleib in dem Syndikat zu überreden, nachdem er das betrügerische Fundament bloßgelegt hatte.

Damals hatte Sir Hugo - zu dieser Zeit noch schlichter Mr. Vaizey obskurer Herkunft - den lebenslustigen Peer dazu überredet, seinen Namen für eine neue Firma herzugeben. Traviston, durch Besteuerung und ein landwirtschaftliches Konjunkturtal verarmt, war nur allzu bereit gewesen, den Vorstandssitz des neuen Unternehmens für ein fürstliches Gehalt zu übernehmen. Dadurch war es ihm gelungen, den herrlichen alten Landsitz der Travistons, seit

Jahrhunderten im Besitz der Familie, zu halten. Die Firma konnte erstaunliche, ja phänomenale Erfolge verbuchen, so dass Traviston mit Vergnügen den Posten eines Direktors in einem weiteren Unternehmen angetreten hatte.

Und so war es weitergegangen - bis er entdeckt hatte, dass Vaizeys Geschäfte auf Betrügereien beruhten. Zu dieser Zeit hatte er sich noch losmachen und mit unbeflecktem Namen aussteigen können. Jetzt war es dafür zu spät. Traviston, von seinem Gewissen unaufhörlich bedrängt, war nun bereit, endlich die Konsequenzen zu ziehen. Die Vernunft sagte ihm, dass Weitermachen gefahrlos sei - Vaizey war die Vorsicht selbst-, aber hinter seinem Entschluss stand etwas viel Stärkeres. Sein Instinkt sagte ihm, dass er endgültig Schluss machen musste, wenn er nicht den Verstand verlieren wollte.

Die Zeit hatte erwiesen, dass die Vaizey-Gesellschaften ihren Organisatoren Sicherheit genug boten. Mit Gründlichkeit und Geschick verschafften sich Sir Hugo und seine engsten Mitarbeiter solche Deckung, dass auch nicht der geringste Verdacht auf sie fiel, wenn die Betrügereien, was sich nicht vermeiden ließ, schließlich ruchbar wurden. In den Finanzkreisen der City von London genossen Vaizey, Aldrich und Petherton-Charters einen so unangreifbaren Ruf, dass ihre Kreditwürdigkeit nie angezweifelt wurde. Dasselbe galt natürlich auch. für Lord Traviston. Sie waren die leitenden Herren angesehener Unternehmen, und Vaizey ging mit großer Raffinesse und beträchtlicher Geduld vor. Männer geringeren Ansehens bekamen die Strenge des Gesetzes zu spüren, aber die eigentlichen Urheber der Schwindeleien steckten den Profit ein und kamen ungeschoren davon. Sir Hugo war auf seine Art ein Genie.

Lord Traviston dagegen verstand nichts von Zahlen. Das war auch gar nicht nötig; man brauchte nur seinen Namen. Er hatte kaum Verantwortung übernehmen müssen, war aber im selben Umfang an den Gewinnen beteiligt worden wie seine Partner. Sir Hugo Vaizey, der stets hinter ihm stand und die Drähte manipulierte, hatte den einstmals verarmten Adeligen auf schwindelnde Höhen der Wohlhabenheit geführt. Heute war Lord Traviston reich; seine Frau gehörte zu den prominentesten Gastgeberinnen Londons; sein Sohn Frederick hatte auf der Universität Oxford Hervorragendes geleistet; sein Einsatz für Projekte, die dem Gemeinwohl dienten, wurde von höchsten Stellen gerühmt...

»Sie reden so, als könnten Sie aussteigen, Traviston«, sagte Sir Hugo in die Stille hinein. »Es dürfte Ihnen doch klar sein, dass das Unsinn ist. Keiner von uns kann aussteigen. Nehmen Sie sich zusammen, Mann. Unsere Beziehungen während der ganzen Zeit waren doch ausgesprochen freundschaftlich. Ich fände es sehr bedauerlich, wenn drei von uns gezwungen wären, gegen den vierten Gewalt anzuwenden.«

»Das ist nicht Ihr Ernst, Vaizey«, erwiderte Traviston aufgebracht. »Gewalt können Sie nicht anwenden, weil ich zu viel weiß.« Er drehte sich auf dem Absatz um; seine Augen glänzten fiebrig. »Das gilt für euch beide genauso«, herrschte er Fruity und Aldrich an. »Ich weiß doch eine ganze Menge.« Er wiederholte die Worte genüsslich. »Glaubt nur nicht, dass ich mich nicht abgesichert habe.«

»Was soll das heißen?«, fragte Sir Hugo.

»Nichts«, murmelte Traviston. »Aber ich lasse mir nicht drohen, das ist alles. Ich meine es ernst, wenn ich sage, dass ich Schluss machen will. Warum sollte ich weitermachen? Warum machen wir weiter? Wir sind reich genug, und unser Geld fließt aus klaren Quellen. Dieses neue Unternehmen - ich sage Ihnen, Vaizey, ich will aus dieser schmutzigen Sache endgültig...«

»Am Anfang kam sie Ihnen aber gar nicht schmutzig vor, mein lieber Traviston«, unterbrach ihn Sir Hugo ruhig. »Der Erfolg hat sich bei Ihnen ungünstig ausgewirkt. Das merke ich schon seit einiger Zeit. Sie werden - es gibt nur das eine Wort dafür -, Sie werden feige.«

»Ist er immer gewesen«, warf Aldrich ein.

»Nennen Sie mir einen vernünftigen Grund, warum wir jetzt wieder alles aufs Spiel setzen sollen«, erklärte Traviston kalt.

»Ich kann Ihnen sogar zweihunderttausend vernünftige Gründe nennen - und jeder von uns bekommt den gleichen Anteil«, gab Sir Hugo trocken zurück. »Außerdem irren Sie sich gründlich, Traviston. Es gibt kein Risiko.«

»Warum tun Sie so, als hätten Sie ein Kind - oder einen Trottel vor sich?« brauste Traviston auf. »Riskant ist es immer. Sie wissen das auch ganz genau, Vaizey. Ich habe das schlimme Gefühl, dass wir eine Katastrophe herbeiführen, wenn wir dieses Unternehmen wirklich starten. Ich ziehe es vor, jetzt auszusteigen, jawohl - und die Strafe auf mich zu nehmen, die mir dafür gebührt. Ich bitte Sie, Vaizey, geben Sie es auf! Wissen Sie, dass ich seit Jahren nicht mehr ruhig schlafe, dass ich keine friedliche Minute mehr kenne?« Seine Stimme wurde fast unhörbar. »Vergönnen Sie mir ein bisschen Frieden. Ich habe genug. Setzen Sie einen anderen an meine Stelle. Ihre Geheimnisse sind bei mir sicher...«

»Die sind nur sicher, solange Sie aktives Mitglied unserer kleinen Gemeinschaft sind«, fiel ihm Sir Hugo ins Wort. »Sie widersprechen sich. Sie sind bereit, Ihre Strafe auf sich zu nehmen, und gleichzeitig wollen Sie unsere Geheimnisse für sich behalten. Glauben Sie, dass Sie sich bestrafen lassen können, ohne uns mit hineinzuziehen? Ihr Gewissen wird uns langsam zu gefährlich. Sie wissen sehr gut, dass es nur einen Grund für das Ausscheiden gibt - den Tod.«

Lord Traviston schoss das Blut ins Gesicht.

»Soll das heißen, dass Sie mich umbringen wollen?«, fragte er mit schriller Stimme. »Nun ja, ich musste doch eine Entscheidung erzwingen. Das scheint mir gelungen zu sein. Ich glaube Ihnen sogar, dass Sie mich umbringen wollen«, fügte er verwundert hinzu. »Aber Sie trauen sich nicht, Vaizey. Sie wissen, dass Sie es nicht wagen können. Nur ein Schritt weiter, und ich gehe zu Scotland Yard und stelle mich. Jawohl, ich werde vor den Behörden erklären, dass ich ein Gauner bin. Sogar das wäre besser, als so weiterzumachen wie bisher.«

»Sie reden irr, Traviston«, sagte Aldrich grob.

»Unbedingt«, stimmte Fruity zu. »Verflixt noch mal, Mann, was soll aus Ihrer Familie werden? Lady Traviston... Freddie... Sie können sie doch nicht im Stich lassen...«

»Im Gegenteil«, erwiderte Traviston. »Ist einem unter Ihnen klar, dass ich meinem Sohn seit Jahren nicht mehr in die Augen sehen kann? Er hält mich für einen anständigen, ehrenwerten Menschen. Meine Frau...« Er verstummte und atmete tief ein. »Ich gehe lieber ins Gefängnis, bevor ich so weitermache.« Seine Augen flammten. »Vielleicht würden mir Frau und Sohn verzeihen, vielleicht würden Sie mich wieder aufnehmen, wenn ich zurückkäme. Wenigstens hätte ich dann gebüßt, was man mir vorwerfen kann, und könnte endlich wieder Frieden finden.«

Er fuhr sich müde mit der Hand über die Augen. Sein Ausbruch war vorüber. Aldrich wollte etwas sagen, aber Sir Hugo winkte ab und stand auf. Er trat auf Traviston zu und klopfte ihm begütigend auf die Schulter.

»Schon gut - schon gut. Wir wollen uns nicht aufregen. Sie sind überreizt, Traviston. Wir werden uns das überlegen.«

»Sie meinen...?«

»Natürlich. Es eilt ja nicht übermäßig.« Sir Hugo sah die anderen beiden Männer an. »Suchen Sie mich morgen in meinem Büro auf. Seid ihr fertig? Entschuldigen Sie uns bei Ihrer Frau, Traviston.«

»Sie gehen doch noch nicht? Sie wollte doch eine Bridgepartie...«

»Heute Abend nicht«, unterbrach ihn Vaizey. »Ich habe keine Lust, Bridge zu spielen, und Ihnen wird es wohl ähnlich gehen, Traviston. Fruity, Bruce, kommen Sie.«

Sir Hugo verließ mit seinen Begleitern das Haus. Sie stiegen in Vaizeys große Limousine und fuhren davon. Vaizey lenkte selbst. Erst nach einigen Minuten brach er sein Schweigen.

»Traviston ist gefährlich.«

»Ach, doch nicht im Ernst«, meinte Colonel Petherton-Charters. »Man darf nicht alles für bare Münze nehmen, was er sagt. Er ist eben mit den Nerven herunter. Ich kenne ihn besser als Sie, Vaizey. Am besten lässt man ihn ein, zwei Wochen in Ruhe.«

»Er ist gefährlich, und wir müssen sofort etwas unternehmen«, widersprach Vaizey. »Einen Satz habe ich nicht vergessen.«

»Was meinen Sie?«, fragte Fruity. »Ich erinnere mich nicht...«

»Ich zitiere ihn wörtlich«, sagte Sir Hugo. »*Glaubt nur nicht, dass ich mich nicht abgesichert habe.* Ich meine fast, dass wir schon zu lange gewartet haben.«

»Moment mal!« protestierte der Colonel. »Was soll denn das alles? Hinter dieser Bemerkung steckt doch gar nichts. Traviston hat sie nicht ernst gemeint.«

»Glauben Sie? Der Mann steht vor einem Abgrund. Seine Nerven sind zerrüttet. Er kann jeden Augenblick irgendeine Dummheit begehen. Das ist eine Gefahr für uns alle. Ich habe das seit Monaten kommen sehen, aber dass die Sache so akut ist, wusste ich natürlich auch nicht. Jedenfalls muss sofort etwas geschehen.«

Er lenkte den Wagen plötzlich an den Straßenrand und hielt. Nachdem er seinen Begleitern kurz »Warten Sie hier!« zugerufen hatte, stieg er aus und eilte zu einer Telefonzelle. Nach ein paar Minuten kam er zurück, setzte sich wieder ans Steuer und fuhr weiter.

»Erfahren wir eigentlich überhaupt nichts?«, beschwerte sich

Fruity nach einer Weile. »Mit wem haben Sie telefoniert, Vaizey? Oder geht uns das nichts an?«

»Ich habe lediglich eine sehr notwendige Vorsichtsmaßnahme getroffen«, antwortete Sir Hugo. »Der arme Narr wird ja nicht gleich in der nächsten Viertelstunde handeln... Danach steht er unter Beobachtung, und Gott sei ihm gnädig, wenn er Dummheiten im Kopf hat!«

Zweites Kapitel

Lord Traviston brachte der Abgang seiner Gäste wenig Erleichterung. Er saß an seinem Schreibtisch und starrte ins Leere.

Vaizey war einfach gegangen...

An etwas anderes konnte er im Augenblick nicht denken. Seine Befürchtungen stiegen ins Unermessliche. Er hatte sich auf einen Streit vorbereitet, eine heftige Auseinandersetzung - versehen mit hundert Argumenten für den Fall, dass Sir Hugo ihn als Schwächling verspotten sollte. Aber Sir Hugo hatte ihn nicht verspottet. Sir Hugo hatte ihm freundlich auf die Schulter geklopft und war ganz ruhig geblieben. Und dann hatte er sich zurückgezogen...«

Traviston kannte ihn seit Jahren. Er kannte Vaizeys Stimmungen, und er wusste, wann Gefahr drohte. Ein ungeduldiger, verärgerter Vaizey musste mit Vorsicht behandelt werden, aber ein Vaizey von eiskalter Ruhe war - Gift.

Genauso hatte Vaizey vor fünf Jahren reagiert, als Hollidge von der Hollidge-Investment-Firma die Nerven verloren hatte und zu einer Gefahr geworden war. Binnen vierundzwanzig Stunden hatte man Hollidge tot auf dem Schienenstrang zwischen Three Bridges und Brighton gefunden... Vaizey hatte sich auf Diskussionen über dieses Thema nie eingelassen, aber zumindest Traviston war den Verdacht nie losgeworden, dass Hollidges Tod in einem so entscheidenden Augenblick nicht bloßer Zufall sein konnte.

Heute Abend war an Vaizeys Zügen dieselbe eiserne Entschlossenheit abzulesen gewesen. Traviston fühlte sich sehr einsam. An wen konnte er sich wenden? Seine Frau, die ihn liebte und ihm vertraute und mit deren Intelligenz es, das musste er selbst zugeben, nicht allzu weit her war, wusste von diesen Dingen nicht das Geringste. Freddie, sein Sohn, kannte ihn noch weniger. Sie waren immer gute Freunde gewesen, obwohl Freddie in letzter Zeit nur noch Augen für die kleine Faraday gehabt hatte... Nun, warum nicht? Freddie war fünfundzwanzig.

Traviston nahm seine Gedanken zusammen. Nie war seine angeborene Schwäche so klar in Erscheinung getreten wie jetzt. Er musste mit jemandem sprechen - musste sich jemandem anvertrauen. Er brauchte Rat, denn allein wusste er nicht mehr weiter. An wen sollte er sich wenden? Es hatte keinen Sinn, einen Vorstoß bei Fruity oder Bruce zu unternehmen - sie standen Vaizey viel zu nahe.

Dass Vaizey morgen mit ihm sprechen würde, glaubte er nicht. Vaizey hatte diesen Raum mit dem Entschluss verlassen, sofort etwas zu unternehmen. Diese Erkenntnis lastete bleischwer auf Traviston. Er musste selbst handeln - jetzt - auf der Stelle...

Ein Anwalt? Ja, gute Idee. Ein Anwalt würde sein Vertrauen respektieren. Der alte Wooderson... Aber was konnte Wooderson tun? Was konnte er ihm raten? Er war kein Strafverteidiger.

Ein bitterer Gedanke. Ja, er würde einen Strafverteidiger brauchen. Oder die Polizei? Nein, die nicht - noch nicht. Es musste doch noch andere Möglichkeiten geben. Ein ungewisser, halbvergessener Name tauchte auf, ließ sich nicht fassen. Traviston lehnte sich zurück und zwang sich zur Ruhe. Die Anstrengung des Nachdenkens trug dazu bei, sein inneres Gleichgewicht wiederherzustellen. Vielleicht war es dumm von ihm, sich solche Sorgen zu machen. Heute würde Vaizey nichts mehr unternehmen.

Oder doch?

Wieder griff die Angst nach ihm, wieder verfärbte sich sein Gesicht... Lister. Richtig, das war der Name. Merkwürdig. Warum fiel ihm der Name Lister ein? Er schien irgendetwas mit der Polizei zu tun zu haben - und doch auch wieder nicht. Seltsam...

Traviston presste beide Hände an die Schläfen und versuchte sich zu erinnern. Lister... Lister... Johnny Lister. Ja, jetzt tauchte es auf. Einer von Freddies Freunden, im Diplomatischen Dienst - oder früher dort gewesen. Jetzt war er etwas anderes. Einer der Listers aus der Grafschaft Shropshire, oder doch nicht? Jedenfalls stammte er aus einer guten Familie.

Wie kam er nur auf den Gedanken, dass ihm der junge Lister helfen konnte? Natürlich! Freddie hatte ihm erzählt, dass er und dieser Lister vor ein paar Jahren einen Skiurlaub in St. Moritz verbracht hatten. Begegnet war ihm Traviston noch nicht...

Du guter Gott! Lister gehörte zu Scotland Yard. Er war Kriminalsergeant oder wie das hieß... Assistent bei einem leitenden Beamten... Das kam natürlich nicht in Frage. Seine Probleme konnte er auf keinen Fall mit einem Kriminalbeamten von Scotland Yard besprechen.

Warum eigentlich nicht?

Lord Traviston überlegte angestrengt. Er konnte sich privat mit Lister unterhalten. Der Mann war ein Gentleman und würde sein Vertrauen respektieren. Außerdem gehörte er zu Freddies Freunden. Zumindest war er ein guter Bekannter. Schon um Freddies willen, wenn nicht aus einem anderen Grund, würde er ihm einen Rat geben. Ja, es war vielleicht ein guter Gedanke, sich mit Lister in Verbindung zu setzen. Schon ein Gespräch mit ihm mochte Klarheit in seine Gedanken bringen. Und wenn ihn Traviston zum Stillschweigen verpflichtete, bevor er ihm an vertraute...

Als befürchte er, durch zu langes Überlegen seine Meinung wieder umzustoßen, griff er hastig nach dem Telefonbuch. Unangenehm, es gab mehrere Johnny Listers. Aber halt! Er glaubte sich zu erinnern, dass Freddie einmal erzählt hatte, Lister wohne mit seinem Vorgesetzten zusammen in der Victoria Street... Ja, da stand die Nummer.

Lord Traviston wählte.

Er wartete geduldig. Nach einer Weile meldete sich eine Männerstimme.

»Ja? Cromwell. Sie wünschen?«

Es war eine mürrische, gereizt klingende Stimme. Lord Traviston wurde ganz plötzlich aus seinen Gedanken gerissen.

»Oh, ich - verzeihen Sie«, sagte er. »Ich scheine die falsche Nummer erwischt zu haben. Ich wollte eigentlich Mr. Lister.«

»Sie wollen Johnny sprechen? Einen Augenblick.«

Eine jüngere Stimme sagte wenig später: »Hier Johnny Lister. Wer...?«

»Sie kennen mich nicht, Mr. Lister. Soviel ich weiß, sind Sie ein Bekannter meines Sohnes«, unterbrach ihn Traviston hastig. »Entschuldigen Sie, dass ich so spät noch anrufe, aber es handelt sich um etwas sehr Wichtiges. Freddie hat mir oft von Ihnen erzählt...«

»Freddie?«

»Mein Sohn, Freddie Hollister.«

»Ah ja, Mr. Hollister. Ich habe Freddie fast ein ganzes Jahr nicht mehr gesehen. Was gibt's? Ist ihm etwas zugestoßen? Wenn ich irgendetwas tun kann... Oh, Verzeihung, da fällt mir gerade ein - wenn Sie Freddies Vater sind, müssen Sie Lord Traviston sein!«

»Ja, ja. Ganz richtig. Meine Bitte wird Ihnen zwar ungewöhnlich Vorkommen, Mr. Lister, aber könnte ich Sie sofort sprechen? Ich würde gleich zu Ihnen kommen, wenn Sie einverstanden wären. Es dauert nicht einmal zwanzig Minuten. Die Angelegenheit ist sehr dringend, sonst würde ich mich nicht unterstehen...«

»Schon gut, Sir«, unterbrach ihn Johnny Lister. »Kommen Sie nur. Ironsides geht sowieso bald. Er hat Nachtdienst.«

»Ironsides?«

»Chefinspektor Cromwell - wir haben gemeinsam eine Wohnung«, erklärte Lister. »Er geht in ein paar Minuten, dann sind wir ungestört.«

»Danke. Ich komme sofort.«

Lord Traviston legte auf, bevor Johnny Lister noch etwas fragen konnte. Nun, die Würfel waren gefallen. Jetzt konnte er nicht mehr zurück. Nicht, dass er seinen Entschluss bedauert oder bereut hätte; sein einziger Gedanke war, so schnell wie möglich zur Victoria Street zu gelangen. Er zwang sich dazu, seine Gedanken auf das jetzt Erforderliche zu konzentrieren. Er läutete und wartete ungeduldig, bis sich die Tür öffnete und der ältliche Butler erschien.

»Sie haben geläutet, Mylord?«

»Ah, Parker, sagen Sie Watson, er soll sofort den Wagen Vorfahren. Als Chauffeur brauche ich ihn heute nicht.«

»Sehr wohl, Mylord.«

Parker zog sich wortlos zurück. Bevor die Tür zugefallen war, beschrieb Lord Traviston hastig ein Blatt Papier, versiegelte es in einem Umschlag und verwahrte ihn im Safe. Der Lord atmete schwer, und sein Gesicht war vor Erregung gerötet. Sein Blick glitt ruhelos durch den Raum und blieb an einer bestimmten Stelle haften...

Das Diktiergerät. Altes Modell, aber noch immer zuverlässig. Lord Traviston lächelte schief, trat an den Schreibtisch, schaltete das Gerät ein und griff nach dem Mikrofon.

»Wenn du dir das anhörst, bevor du deine Mutter sprichst, Freddie«, sagte er klar und deutlich, »dann sag ihr bitte, dass ich auf eine Stunde weg musste. Ihr braucht euch keine Sorgen zu machen. Ich führe nur eine kleine Unterhaltung mit deinem Freund Johnny Lister.« Er überlegte kurz, dann drückte er wieder auf die Starttaste. »Pass gut auf, Freddie. Wenn ich bis morgen früh nicht zurück bin, öffnest du mit deinem Schlüssel den Safe und liest den Brief, den ich dir hinterlassen habe.«

Als er das Gerät ausschaltete, hörte er draußen den Wagen Vorfahren. Er hastete hinaus, schlüpfte in einen leichten Mantel und verließ das Haus. Zwei junge Menschen kamen den Weg vom Tor herauf und unterhielten sich lachend, aber Lord Traviston bemerkte sie nicht einmal. Er eilte an ihnen vorbei zu seinem schnellen Wagen.

»Hallo, Vater! Was hast du denn?«

Freddie Hollister starrte seinem Vater entgeistert nach, als sich dieser ans Steuer setzte und davonbrauste.

»Na, so was!«

»Freddie, was hat er denn?«, fragte das junge Mädchen überrascht. »Er hat uns gar nicht bemerkt.«

»Schau dir nur an, wie er rast!«, meinte Freddie verblüfft. »Das gefällt mir gar nicht.«

Hazel Faraday sah ihn besorgt an.

»Hast du gesehen, was für ein Gesicht er gemacht hat?«, fragte sie unsicher. »Da muss doch etwas passiert sein. Vielleicht ist deine Mutter krank.«

»Mutter krank?«, meinte Freddie Hollister skeptisch. »Kann ich mir nicht vorstellen. Aber vielleicht ist ein Unfall passiert«, sagte er erschrocken. »Komm!«

Er stürmte die Treppe hinauf und öffnete die große Eingangstür. Als er Parker gelassen durch die Halle schreiten sah, beruhigte er sich sofort.

»Parker!«

»Ja, Mr. Freddie?«

»Was ist mit Vater los?«

»Ich weiß es nicht, Sir«, erwiderte der Butler, ließ aber zu, dass sich auf seinem Gesicht Besorgnis spiegelte. »Seine Lordschaft hat sich sehr ungewöhnlich benommen. Es kam mir vor, als sei Seine Lordschaft krank. Der Wagen musste sofort vorgefahren werden...«

»Hat er nicht gesagt, wohin er wollte?«

»Nein, Sir.«

»Aber Watson saß doch nicht am Steuer, und Vater hat wirklich kein Talent zum Autofahren.«

»Ich fand es auch sehr merkwürdig, Mr. Freddie«, meinte Parker. »Seine Lordschaft hat ausdrücklich erklärt,

Watson solle den Wagen bringen, brauche aber nicht zu chauffieren.«

»Wo ist meine Mutter?«

»Oben im Salon, Sir.«

»Gesund?«

»Durchaus, Sir«, gab Parker zurück. »Soviel ich weiß, hat sie gar nicht gemerkt, dass Seine Lordschaft weggefahren ist. Die anderen Herren sind schon vor einiger Zeit abgefahren.«

»Welche Herren? Schon gut, Parker - ich frage Mutter.«

Freddie wandte sich an seine Verlobte. »Lauf schnell hinauf, Hazel. Ich komme gleich nach. Du kannst aber auch warten. Ich gehe nur schnell in die Bibliothek. Vielleicht hat mir Vater auf dem Diktiergerät eine Nachricht hinterlassen.«

Der Austausch von Mitteilungen auf dem Tonbandgerät hatte sich seit Freddies Schulzeit eingebürgert. Freddie zog die Brauen zusammen, als er die Bibliothek betrat. In letzter Zeit hatte er sich mit seinem Vater nicht mehr allzu gut verstanden, und das lag nicht nur daran, dass er fast nur noch Augen für Hazel hatte...

Während Freddie der Stimme seines Vaters lauschte, veränderte sich sein Gesichtsausdruck. Die nervliche Belastung, die aus den Worten sprach, war nicht zu überhören. Freddie blieb einen Augenblick unentschlossen stehen, dann sah er zum Safe hinüber, als wolle er sofort aufschließen.

»Johnny Lister?«, murmelte er vor sich hin. »Wieso denn? Er kennt doch den guten Johnny gar nicht... Verdammt! Das sieht gar nicht gut aus.«

Freddie war groß, athletisch gebaut und aufgeweckt. Er begriff sofort, dass sein Vater Johnny nur in dessen amtlicher Eigenschaft aufgesucht haben konnte. Irgendetwas war passiert, etwas, was mit dem Geschäft zusammenhing...

Aber warum wandte er sich dann ausgerechnet an Lister? Warum ging er nicht sofort zu Scotland Yard? Wieder mal ein sehr schlauer Einfall.

Freddie hielt nicht sehr viel vom Scharfsinn seines Vaters. Er wunderte sich immer wieder darüber, dass er für seine Direktorenposten so hohe Gehälter bezog. Zu Hause war Lord Traviston in erster Linie für seine Zerstreutheit und Weltfremdheit bekannt.

Freddie hastete hinaus.

»Du bist noch da, Liebling?«, sagte er, schon auf dem Weg zur Tür. »Ich dachte... Na, macht nichts. Lauf zu Mutter hinauf und...«

»Aber Freddie! Ist etwas passiert?«, rief Hazel, überrascht von seiner Hast.

»Keine Sorge, ich bin bald wieder da.«

Freddie rannte hinaus, sprang in seinen Sportwagen und raste davon, Richtung Victoria Street. Trotz seiner gegenteiligen Versicherungen machte er sich Sorgen. Irgendein Instinkt hieß ihn, seinen Vater, wenn möglich, einzuholen, bevor er Listers Wohnung erreichte.

Es gab aber auch noch andere, die sich für Lord Travistons Absichten interessierten. Obwohl sie den Vorteil hatten, ihm in seinem Wagen auf den Fersen zu sein, mangelte es ihnen an dem Wissen, über das Freddie verfügte - sie hatten keine Ahnung von Lord Travistons Ziel.

»Reine Zeitvergeudung, wenn du mich fragst, Arthur«, brummte einer der Männer in dem Fahrzeug, das Lord Travistons Wagen verfolgte. »Der alte Knabe stürzt sofort aus dem Haus, kaum dass wir angekommen sind, um ihn zu beobachten. Wahrscheinlich will er in seinen Club.«

»Möglich«, sagte der andere. »Vielleicht aber auch nicht. Er fährt nicht sehr sicher. Mir kommt das Ganze komisch vor...«

»Glaubst du, er will verduften?«

»Warum nicht? Der Chef hat gesagt: *Passt gut auf ihn auf, der ist zu allem imstande.* Anscheinend hat er gewusst, was mit dem Kerl los ist. Und die Befehle...«

Arthur Mason war ein geschickter Fahrer und verlor den Wagen Lord Travistons nicht aus den Augen. Sie waren eben in die Victoria Street eingebogen, als Mason stutzte.

»Sieht nicht gut aus, Mike«, murmelte er. »Der Chef meint, der alte Knabe sei mit den Nerven ganz herunter, und in dem Zustand wäre ihm alles zuzutrauen. Es sieht fast so aus, als ginge er direkt zu Scotland Yard. Halte deine Pistole bereit.«

»Du meinst doch nicht...«

»Doch«, knurrte Arthur. »Befehl vom Chef.«

Arthur Mason war ein breitschultriger Mann mit wettergegerbtem Gesicht und freundlichen Augen - die aber, wenn es darauf ankam, jeden Anflug von Humor verloren. Er presste die Lippen zusammen. Sein Begleiter, Mike Streeter, wirkte genauso harmlos. Er war schlanker und zierlicher. Beide trugen elegante Anzüge.

»Verdammt!«, schimpfte Mason und trat auf die Bremse.

Der leichte Nebel, der sie während der Fahrt begleitet hatte, schien sich in der Victoria Street zu verdichten. Travistons Wagen hatte am Randstein angehalten, bevor Mason ganz begriff. Mike Streeter prallte mit dem Kopf an die Windschutzscheibe.

»Pass doch auf, Blödian...«

»Kann nichts dafür. Schau, wo der alte Trottel hält«, gab Mason zurück. »Ich weiß nicht, ob wir hier... aber es könnte gehen. Kaum Verkehr.«

»Das ist doch nicht Scotland Yard, Mensch!«

»Weiß ich, aber Cromwell hat hier irgendwo seine Wohnung«, sagte Mason scharf.

»Cromwell! Du meinst Ironsides...?« Streeter richtete sich auf. »Fahr zu, Arthur! Mit dem lassen wir uns nicht ein.«

Mason achtete nicht auf ihn. Weiter vorne war ein Omnibus zu sehen, aber an der Stelle, wo Travistons Wagen gehalten hatte, befand sich niemand. Mason hielt am Randstein, gerade als Lord Traviston auf eine Haustür zuging.

»Einen Augenblick, Lord Traviston!«, sagte Mason laut.

Traviston drehte sich überrascht um.

»Woher wissen Sie...«

»Suchen Sie ein bestimmtes Haus, Sir?«, erkundigte sich Mason freundlich. »Vielleicht Chefinspektor Cromwells Wohnung?«

»Ach, Sie sind wohl ein Kollege von ihm?«, meinte Traviston. »Ja, ich suche Cromwells Wohnung. Der junge Lister lebt doch mit ihm zusammen, nicht wahr? Ich habe...«

Weiter kam er nicht. Arthur Mason zog eine Pistole mit Schalldämpfer aus der Tasche und drückte ab. Lord Traviston brach auf dem Bürgersteig zusammen. Das Auto schoss davon... Im gleichen Augenblick öffnete sich die Haustür, und heraus trat Chefinspektor Cromwell, der seinen Dienst antreten wollte.

»Warum hast du denn das gemacht?«, ächzte Streeter, der leichenblass geworden war. »Der Chef hat dir doch nie befohlen... Du bist verrückt geworden! Auf offener Straße!«

»Ich weiß, ich weiß!«, fauchte Mason. »Was hätte ich denn tun sollen? Du wirst gleich einsehen... Was ist denn das für ein Krach? Was will der Idiot?«

Er hatte das schrille Pfeifen von Reifen gehört, die auf der Straße radierten, gefolgt vom Aufbrüllen eines starken Motors. Er drehte den Kopf und sah einen Sportwagen, der sie in rasender Fahrt zu überholen versuchte, während der junge Mann am Steuer unablässig auf die Hupe drückte.

Unangenehm - und unerwartet. Der junge Mann konnte alles verderben. Sein Wagen war wie aus dem Nichts aufgetaucht, und der Fahrer musste den Mord beobachtet haben.

Mason war auf dem richtigen Weg. Freddie Hollister hatte während der ganzen Fahrt das höchstmögliche Tempo gehalten, war aber doch um zehn Sekunden zu spät gekommen. Als er sein Fahrzeug hart abgebremst hatte, war der Schuss aus Masons Waffe gefallen. Er hatte seinen Vater taumeln und stürzen sehen. Ohne Zögern, ohne an seine eigene Sicherheit zu denken, war Freddie dem Wagen mit den Mördern nachgerast.

Das Ganze dauerte nur Sekunden. Freddies Fahrzeug überholte den anderen Wagen, und Freddie starrte Mason und Streeter in die Gesichter.

»Halt!«, schrie er. »Sofort anhalten! Ihr...«

Wieder zögerte Mason keinen Augenblick. Den jungen Mann zu beseitigen, war noch wichtiger als die Tötung Lord Travistons. Er hatte sie genau gesehen und vermochte sie zu identifizieren. Mason zielte kurz mit der Pistole und schoss...

Freddies Wagen schleuderte quer über die Straße, als er am Steuer zusammensackte, verfehlte einen entgegenkommenden Omnibus nur um Zentimeter, holperte über den Randstein und prallte unter ohrenbetäubendem Krachen und Klirren an eine Ladenfront. Dann trat lähmende Stille ein, durchbrochen nur von dem verklingenden Motorengeräusch des Wagens, in dem die Mörder entkamen.

Und dann - Schreie, Rufe, Getrappel von Schuhen, in der Ferne das schrille Missgetön von Trillerpfeifen.

Ein Mann handelte sofort. Bill Cromwell verfluchte sein Pech, das ihn fünf Sekunden zu spät aus dem Haus hatte treten lassen, und beugte sich über Lord Traviston. Der erste Blick verriet ihm, dass der Tod beinahe augenblicklich eingetreten sein musste. Er hörte Reifen quietschen - Schreie - sah Freddies Wagen über die Straße schleudern.

Als der Anprall erfolgte, öffnete sich die Tür und Kriminalsergeant Johnny Lister trat ins Freie.

»Bist du taub, Old Iron?«, fragte er ungeduldig. »Hörst du mich denn nicht brüllen? Ich wollte dich doch fragen... Mensch, was ist denn hier los?«

»Allerhand!«, knurrte Cromwell. »Das ist wohl der Mann, den du erwartet hast. Jemand hat ihn niedergeschossen, bevor er unsere Tür erreichte.«

»Um Gottes willen! Freddies Vater...«

»Steh nicht da und glotz dir die Augen aus!« herrschte ihn Cromwell an. »Lass niemanden an den Toten heran, Johnny. Wir können nichts mehr für ihn tun.«

Johnny Lister fröstelte, als er einen Blick auf den Toten warf. Cromwell rannte indessen über die Straße zu der Stelle, wo der schwerbeschädigte Sportwagen an der Hausmauer klebte. Er hob als erster Freddie heraus. Den Aufprall hatte der junge Mann im Wesentlichen unverletzt überstanden, weil er nach dem Schuss auf die Sitzbank gefallen war. Die Einschussöffnung in seinem Kopf hingegen...

»Der arme Junge - mausetot«, keuchte der Busfahrer, der als einer der ersten zur Stelle war. »Kommen Sie, ich helfe Ihnen«, sagte er zu Cromwell. »Wir legen ihn am besten auf den Boden, bis der Krankenwagen kommt. Menschenskind! So was hab' ich noch nicht gesehen!«

Neugierige drängten herbei und redeten aufgeregt durcheinander. Uniformierte Polizisten tauchten auf, und *Ironsides* Cromwell beugte sich über Freddie Hollister. Er erinnerte sich an Lord Travistons Anruf und war überrascht von der Ähnlichkeit zwischen dem Lord und dem jungen Mann, den er in seinen Armen hielt. Freddie... Lord Travistons Sohn... kein Zweifel... Johnny Listers Freund.

Ein Polizist schob sich durch die Menge. »Schon gut, Sir«, sagte er. »Das können Sie jetzt mir überlassen. Tot, was?«

»Was meinen Sie?«, gab Cromwell säuerlich zurück.

Der Wachtmeister zuckte zusammen. Diese Stimme kannte er - und den Ton auch. Er salutierte hastig.

»Verzeihung, Mr. Cromwell - ich habe Sie nicht gleich erkannt«, sagte er. »Wissen Sie, wie das passiert ist? Vor Ihrem Haus liegt noch ein Toter...«

»Irrtum«, sagte Cromwell scharf. »Nicht noch ein Toter, Willis. Der junge Mann lebt.«

Drittes Kapitel

Bill Cromwell war zwar kein Arzt, aber seine Hand lag über Freddie Hollisters Herz - und er konnte es schwach schlagen spüren. Außerdem schien die Kugel nicht ausgetreten zu sein. Man sah kaum Blut, und die Einschussöffnung war sehr klein, ein kreisrundes Loch.

»Die Kugel stecht noch«, sagte Cromwell knapp. »Vielleicht ist das Gehirn nicht ernsthaft verletzt. Wenn die Kugel ausgetreten wäre, hätte es ihm den halben Schädel weggerissen. Ist ein Krankenwagen unterwegs?«

»Jawohl.«

»Gut. Helfen Sie mir. Drängen Sie die Leute zurück.«

»Sie glauben doch nicht, dass er eine Chance hat, Sir?«, meinte der Polizist zweifelnd. »Der arme Kerl stirbt ganz bestimmt, bevor er im Krankenhaus...«

»Er wird nicht ins Krankenhaus gebracht«, widersprach Cromwell. »Seine Chancen stehen schlecht, aber wir müssen alles versuchen. Wenn die Kugel sofort entfernt wird, kommt er vielleicht durch. Sagen Sie dem Fahrer des Krankenwagens, er soll ihn sofort in die Wimpole Street bringen - zu Sir Alistair McCrae.«

»Aber, Mr. Cromwell...«

»Was aber?«, fauchte Cromwell. »Ich weiß, was ich tue. Irgendein Einwand?«

»Nein, Sir«, stotterte der Polizist. »Ich - ich - nein, Sir.«

Cromwell sah mit grimmigem Gesicht zu, als Sanitäter den jungen Mann auf einer Bahre in den Krankenwagen hoben, während die Neugierigen von Polizeibeamten zurückgedrängt wurden.

»Eine scheußliche Geschichte, Mr. Cromwell!«, sagte ein schwitzender Polizeiinspektor, als er auf Cromwell zutrat und grüßte. Die Victoria Street war an beiden Enden von Polizei abgesperrt, der Verkehr wurde umgeleitet.

»So?«, sagte Cromwell. »Vielleicht erklären Sie mir, worum es eigentlich geht? Ich habe nämlich keine Ahnung. Hat jemand den Wagen verfolgt? Es war ein offener Roadster mit zwei Insassen. Mehr konnte ich leider nicht erkennen.«

»Das Kennzeichen konnten Sie nicht ablesen, Sir?«

»Leider nicht«, erwiderte Cromwell. »Der Nebel war schon zu dicht. Ich habe nicht einmal gesehen, um was für ein Modell es sich handelt.«

»Sie sind uns entwischt, Sir«, sagte der Inspektor besorgt. »Wir haben die Meldung bekommen, dass ein großer, offener Wagen am Victoria-Bahnhof bei Rot durchgefahren ist, aber das ist auch alles. Das Fahrzeug wird in die ruhigen Straßen im Bezirk Pimlico eingebogen sein und von dort aus das andere Ufer erreicht haben. Oder es ist Richtung Regent Park...«

»Vielleicht hat es sich Flügel wachsen lassen und ist über die Dächer davongeflogen«, unterbrach ihn Cromwell. »Der Wagen ist verschwunden - das ist eine Tatsache. Eine schöne Bescherung. Nur ein einziger Mann hat die Mörder gesehen, und er ist unterwegs zur Wimpole Street, wo man ihm eine Kugel aus dem Kopf operieren muss. Sie wissen, dass der Tote vor meinem Haus Lord Traviston ist - und der Verletzte sein Sohn?«

»Nein, Sir, das wusste ich nicht«, sagte der Inspektor entsetzt. »Was wollte Lord Traviston bei Ihnen?«

»Keine Ahnung!«, brummte Cromwell. »Er rief vor ungefähr einer halben Stunde an und fragte nach Lister - meinem Assistenten. Lister und Travistons Sohn sind befreundet. Ich weiß nicht, von wo aus Lord Traviston angerufen hat. Wahrscheinlich war er in seinem Haus. Prüfen Sie das nach.«

»Lady Traviston wird es nicht fassen können, Sir«, meinte der Inspektor. »Ihr Mann erschossen, der Sohn schwer verletzt... Wer kann das getan haben?«

»Das werden wir eben feststellen«, sagte Cromwell knapp. »Travistons Stimme klang am Telefon sehr nervös. Er muss geahnt haben, dass er in Gefahr schwebte.« Ironsides überlegte einen Augenblick. »Was wollte er von Johnny Lister? Warum hat er nicht beim nächsten Polizeirevier angerufen und um Schutz gebeten? Warum hat er sich nicht gleich an Scotland Yard gewandt? Sehr mysteriös!«

Zu weiteren Überlegungen blieb keine Zeit. Cromwell wollte mit dem Krankenwagen zu Sir McCrae fahren...

Zu dieser Zeit stand Arthur Mason in einer öffentlichen Sprechzelle in der Marylebone Road. Den Wagen hatten sie irgendwo stehengelassen. Mason wählte die Nummer von *Wyvern Lodge*, dem Wohnsitz Sir Hugo Vaizeys.

»Sie haben mich gerade zur rechten Zeit hingeschickt, Sir«, meldete Mason. »Ich wollte Sie lieber gleich verständigen...«

»Soll heißen?«

»Na, der Motor, Sir«, erwiderte Mason und grinste vor sich hin. »Sie sagten doch, er könne jeden Augenblick unangenehme Geräusche entwickeln. Gerade, als er damit anfing, verpasste ich ihm eine Spritze. Das ist immer das Beste, nicht wahr? Ärger werden Sie mit dem Motor nicht mehr haben.«

»Ich verstehe, Mason«, sagte Sir Vaizey ruhig. »Ich wusste schon immer, dass Sie ein zuverlässiger Mechaniker sind. Vielen Dank für den Anruf. Ihr Honorar bekommen Sie später.«

Er legte auf. Sir Hugo saß in seinem Arbeitszimmer. Innerlich war er erstaunter, als er sich anmerken ließ. Er zündete sich eine große Zigarre an.

»Sie waren im Irrtum, Fruity«, sagte er, als er bedächtig das brennende Zündholz an die Zigarre führte. »Sie auch, Bruce. Meine Vorsichtsmaßnahmen haben sich als zweckvoll erwiesen. Traviston ist tot.«

Petherton-Charters und Aldrich schienen wie vor den Kopf geschlagen zu sein.

»Moment mal! Sie wallen doch nicht sagen stotterte der Colonel. »Tot? Verdammt, Sir Hugo, machen Sie sich doch nicht lächerlich! Wie kann er denn tot sein? Er ist kerngesund...«

»Gegen Pistolenschüsse ist niemand immun«, gab Vaizey zurück. »Ich kenne Masons Methoden. Die Einzelheiten erfahren wir später.«

»Sie wollen doch nicht sagen... Das ist nicht Ihr Ernst!« protestierte Aldrich. »Um Gottes willen, Vaizey, das ist ja entsetzlich! Sie sitzen ruhig da und erzählen uns, dass Traviston erschossen worden ist. Aber warum denn? Derart drastische Methoden sind doch gewiss nicht nötig gewesen.«

»Mason ist ein intelligenter Mensch. Er hätte nicht so gehandelt, wenn nicht größte Gefahr im Verzug gewesen wäre«, entgegnete Sir Hugo. »Ich gebe allerdings zu, dass ich selbst etwas überrascht bin. Ich kann mir nur vorstellen, dass Traviston gerade dabei war, uns zu verraten. Dieser Narr! Dieser feige, vertrottelte Narr! Ich hatte also doch recht.«

»Wieso?«

»Traviston war in den letzten Tagen zu einer ausgesprochenen Gefahr geworden, mein lieber Bruce«, sagte Vaizey grimmig. »Eine Gefahr für sich selbst, und, was viel wichtiger ist, eine Gefahr für uns. Nach unserem Gespräch heute Abend stand für mich fest, dass sofort gehandelt werden musste, wenn wir nicht alles aufs Spiel setzen wollten.«

Petherton-Charters und Aldrich waren stumm vor Schrecken. Bis zu diesem Augenblick hatten sie nicht recht daran glauben können, dass sie wirklich in Gefahr schwebten. Die plötzliche Erkenntnis, dass Lord Traviston ermordet worden war, hämmerte ihnen die Wahrheit brutal ins Gehirn.

»Das passt mir ganz und gar nicht«, brauste Aldrich schließlich auf. »Zum ersten Mal greifen wir zu derart extremen Maßnahmen...«

»Das stimmt nicht ganz«, unterbrach ihn Fruity. »Ich meine - Hollidge, nicht wahr? Wie er so plötzlich ums Leben gekommen ist - Vaizey weiß Bescheid. Nicht wahr, Vaizey? Aber bei Traviston war das doch etwas ganz anderes, verdammt noch mal. Er gehörte zu uns. Und nun wurde er umgebracht. Das ist doch scheußlich!«

»Glauben Sie, dass er Scotland Yard aufsuchen wollte?«, fragte Aldrich. »Was haben Sie von Mason erfahren? War das nicht riskant, so am Telefon?«

»Mason konnte am Telefon natürlich nicht in die Einzelheiten gehen«, erklärte Sir Hugo. »Er kommt hierher, und dann erfahren wir alles. Sehen Sie mich doch nicht so erschreckt an«, fügte er verächtlich hinzu. »Für uns besteht keinerlei Gefahr.«

»Das sagt sich leicht...«, begann Fruity.

»Wenn Mason eine Nachlässigkeit begangen hat, werden er und sein Gehilfe dafür zahlen«, sagte Sir Hugo. »Uns kann man mit dieser tragischen Geschichte nicht in Verbindung bringen.« Er zog ein Lederetui aus der Tasche und entnahm ihm einen kleinen Schlüssel. »Da, Fruity...«

»Wie? Was wollen Sie?«, sagte der Colonel. »Was haben Sie vor? Ich fühle mich nicht wohl, Vaizey. Wenn Mason nun erwischt wird? Ich traue solchen Typen nicht. Sie schwätzen doch, wenn sie in die Zange genommen werden, nicht wahr? Er nimmt doch die Schuld an dem Mord nicht auf sich, wenn er sie auf Sie abschieben kann.«

Sir Hugo sah den anderen hochmütig an.

»Nehmen Sie sich zusammen, Fruity«, sagte er ruhig, »das gilt auch für Sie, Bruce. Haben Sie vergessen, dass wir Travistons engste Freunde sind? Wir werden alle sehr schockiert erscheinen, wenn wir die traurige Nachricht von seinem tragischen Ende hören. Gott sei euch beiden gnädig, wenn ihr mich im Stich lasst. Was Mason angeht - wenn er erwischt wird und plaudert, behandeln wir seine Anschuldigungen mit der gehörigen Verachtung. Unsere Alibis sind unangreifbar. Solange wir die Nerven behalten, sind wir sicher - und glauben Sie mir, wir wären nicht in Sicherheit gewesen, wenn Traviston noch lebte. Sie, Fruity, nehmen diesen Schlüssel und fahren sofort zu Travistons Haus...«

»Ich soll...«

»Merken Sie sich endlich, dass Sie ein enger Freund der Familie sind, Sie Schwachkopf«, erklärte Sir Hugo langsam und deutlich. »Sie haben von der Tragödie nichts gehört und sind wegen einer Lappalie zurückgekommen. Sie haben in Travistons Bibliothek etwas vergessen. Es besteht die vage Möglichkeit, dass Traviston etwas Schriftliches hinterlassen hat. Wir müssen ganz sichergehen. Und das hat sofort zu geschehen. Hoffentlich ist es nicht schon zu spät.«

Selbst Fruity, der ein notorischer Langsamdenker war, begriff die Notwendigkeit sofortigen Handelns. Minuten später fuhr er in Vaizeys Wagen zum Wallington Square.

Bei seiner Ankunft stellte er erleichtert fest, dass alles ruhig und normal war. Keine Neugierigen, die zu den Fenstern hinaufstarrten, keine Polizisten an der Tür... Petherton-Charters klopfte. Parker öffnete ihm.

»Lord Traviston ist wohl oben im Salon, wie?«, meinte Fruity lässig. »Schon gut, Parker. Sie brauchen ihm gar nicht zu sagen...«

»Seine Lordschaft ist außer Haus, Sir.«

»So, wirklich?«

»Jawohl, Sir. Kurz, nachdem Sie und die anderen Herren das Haus verlassen hatten, führ Seine Lordschaft fort.«

Parkers Benehmen wirkte wie Balsam auf den erregten Colonel. Er beruhigte sich so weit, dass er gelassen und natürlich reagieren konnte. Offenbar wusste man hier noch nicht, dass der Hausherr tot war.

»Na, macht ja nichts«, sagte Fruity. »Ich bin nur auf einen Augenblick zurückgekommen, Parker, weil ich in der

Bibliothek etwas liegengelassen habe. Es dauert nicht lange.«

Er schlenderte nonchalant in die Bibliothek und schloss die Tür hinter sich. Auch als er allein war, bewahrte er Ruhe. Nur an der Art, wie er die Zigarre zwischen die Zähne geklemmt hatte, war zu erkennen, dass er innerlich aufgewühlt war. Er schaute sich um.

Einige Minuten später verließ er das Haus. Auf der Rückfahrt zu *Wyvern Lodge* konnte er seine Erregung nicht mehr verbergen, und bei seinem Eintritt in Sir Hugos Bibliothek zitterte er am ganzen Körper.

»Trinken Sie das!«, sagte Sir Hugo sofort, füllte ein Glas mit Cognac und reichte es ihm. Fruity kippte den Schnaps hinunter. Sein Gesicht färbte sich wieder.

»Alles ruhig«, meldete er. »Glücklicherweise bin ich noch zur rechten Zeit gekommen, Vaizey. Das habe ich im Safe gefunden. Kopfzerbrechen hat es mir genug gemacht... Schlimm, nicht? Wenn ich mir überlege, dass Freddie...«

»Freddie kann gar nichts mehr«, unterbrach ihn Vaizey kalt. »Freddie ist tot.«

»Was!«

»Ja. Bedauerlich. Mason war wohl etwas zu gründlich. Was haben Sie im Safe gefunden?«

»Zum Teufel mit dem Safe!«, schrie Fruity. »Was haben Sie eben gesagt? Freddie ist tot? Wie sein Vater? Das glaube ich Ihnen nicht, Vaizey.«

»Schlechte Nachrichten verbreiten sich schnell, Fruity«, sagte Sir Hugo stirnrunzelnd. »Ich war inzwischen nicht untätig. Freddie scheint seinem Vater mit einem anderen Wagen gefolgt zu sein und im ungünstigsten Augenblick den Augenzeugen dargestellt zu haben. Soviel ich weiß, prallte sein Wagen gegen eine Ladenfront. Man zog ihn tot heraus. Er hatte eine Kugel im Kopf.«

Petherton-Charters erlitt einen Rückfall. Wieder wurde mit Cognac nachgeholfen. Er saß erschöpft in seinem Sessel, während Sir Hugo den Brief, den er in Lord Travistons Safe gefunden hatte, zwischen seinen zitternden Fingern herauszog. Auf dem versiegelten Umschlag stand: *Falls mir etwas zustößt - für meinen Sohn Frederick.*

»Die Tinte ist kaum trocken«, bemerkte Sir Hugo. »Er hat den Brief also geschrieben, bevor er das Haus verließ... Die Tat wurde in der Victoria Street begangen. Ich habe mir den Kopf darüber zerbrochen. Warum dort? Mason kann doch nicht mit Bestimmtheit gewusst haben, dass Traviston zu Scotland Yard wollte. Wir werden ja bald Bescheid wissen, wenn Mason Bericht erstattet.«

Er riss den Briefumschlag auf und zog das Blatt Papier heraus.

Während er las, wurden seine Augen schmal.

»Nicht so gut«, sagte er leise.

Fruity und Bruce Aldrich starrten ihn erschrocken an. Vaizey zeigte so selten Gefühlsbewegungen, dass sich ihre Befürchtungen ins Unermessliche steigerten.

»Was ist denn, Vaizey?«, fragte Aldrich heiser. »Spannen Sie uns doch nicht auf die Folter...«

»Vielleicht waren wir ein bisschen, ein ganz klein bisschen zu hastig«, erwiderte Sir Hugo. »Hoffentlich nicht. Es wäre - peinlich für uns. Unser guter Traviston war schlauer, als ich dachte.«

»Müssen Sie in Rätseln sprechen?«, platzte Aldrich heraus.

»Beherrschen Sie sich, Bruce!«, sagte Vaizey scharf. »Es findet sich immer ein Weg. Die Nachricht für Freddie ist ganz kurz - und sehr interessant. Hören Sie zu: *Dieser Brief gelangt nur in deine Hände, wenn ich überzeugt bin, dass ich sterben muss, Freddie. In meinem Leben spielen gewisse Dinge eine Rolle, die du erfahren musst. Sie betreffen auch andere Personen. Ich habe alles schriftlich niedergelegt. Du musst sofort handeln, mein lieber Junge. Die Dokumente findest du in dem alten Blecheimer. Dein Vater.* Ärgerlich, nicht wahr?«

»Ärgerlich!«, stöhnte Petherton-Charters. »Ein anderes Wort finden Sie dafür nicht? Traviston hat also geplaudert! Diese Dokumente... Er hat alles aufgeschrieben - alles über unsere geschäftlichen Transaktionen! Er hat die Papiere in - in...«

»Genau. In den alten Blecheimer gesteckt«, sagte Sir Hugo. »Ich wäre wesentlich zufriedener, wenn ich wüsste, wo sich dieser *alte Blecheimer* befindet. Offenbar eine geheime Stelle, von der nur Freddie und sein Vater wussten.«

»Wieso offenbar?«, fragte Aldrich. »Und Lady Traviston? Sie wird wissen, was mit dem *alten Blecheimer* gemeint ist. Und das Mädchen. Freddies Verlobte...«

»Sie haben alle beide bestimmt noch nichts davon gehört«, widersprach Sir Hugo mit Entschiedenheit. »Hätte sich Traviston solche Mühe gemacht, insgeheim Freddie zu verständigen, wenn der ganze Haushalt Bescheid wüsste? Nein, nein, Bruce. Der Ausdruck *alter Blecheimer* war nur für Freddie von Bedeutung. Sehr unangenehm. Ich hätte nicht geglaubt, dass er Schriftstücke hinterlassen würde.«

»Wir müssen etwas tun«, rief Fruity mit schriller Stimme. »Und zwar sofort. Es hat keinen Zweck, lange zu diskutieren, Vaizey. Wir müssen den jungen Mann fassen und ihn dazu zwingen, dass er die Wahrheit preisgibt.«

»Keine leichte Aufgabe, Fruity«, meinte Vaizey spöttisch. »Die Wissenschaft hat zwar große Fortschritte gemacht, aber die Toten kann man immer noch nicht zum Sprechen bringen.«

»Die Toten! Ach, du liebe Zeit, das hatte ich ganz vergessen!« jammerte Fruity. »Freddie ist tot. Was sollen wir jetzt tun, Vaizey? Das ist ja zum Wahnsinnigwerden! Ich glaube, es wird Zeit, dass wir untertauchen, nicht wahr? Unsere Pässe sind in Ordnung, und wenn wir mit einer der nächsten Maschinen...«

»Ja, und zwar sofort«, keuchte Aldrich.

»Damit wir uns selbst belasten?«, fragte Sir Hugo schneidend. »Die drei Freunde Lord Travistons, die Männer, die eine halbe Stunde vor seinem gewaltsamen Tod bei ihm waren, auf der Flucht zum Kontinent? Eine famose Idee, meine Herren! Nein, wir müssen bleiben, wo wir sind. Wir müssen der Witwe kondolieren und am Begräbnis teilnehmen. Wir müssen uns ganz normal verhalten. Vor allem müssen wir feststellen, was dieser *alte Blecheimer* ist und wo er sich befindet.«

Es wurde totenstill. Nach einer Weile raffte sich Aldrich auf.

»Aber Sie haben doch selbst gesagt, dass außer Freddie und seinem Vater niemand das Versteck kennt - und dieser Idiot Mason hat sie beide umgebracht«, sagte er stockend. »Überlegen Sie doch, Vaizey! Irgendwo versteckt liegt Travistons Geständnis - ein Geständnis, das uns alle belastet! Jeden Augenblick kann jemand darauf stoßen.«

»Das ist zu bedenken, gewiss«, gab Sir Hugo nachdenklich zu. »Da Traviston tot ist, werden seine Anwälte alle Papiere sichten. Seine Frau wird seine Privatunterlagen durchsehen... Hm! Zugegeben, eine scheußliche Situation. Aber wir müssen Ruhe bewahren.«

Petherton-Charters und Aldrich konnten mit diesem Rat nichts anfangen. Sie vermochten auch nicht auszumachen, wie es in Vaizey aussah. Das einzige Anzeichen seines inneren Zustands war die Art, wie er mit den Fingern auf die Tischplatte trommelte.

Sir Hugo wusste so gut wie seine Gehilfen, dass sie keine Ruhe finden würden, bis der *alte Blecheimer* sein Geheimnis preisgab.

Viertes Kapitel

Sir Alistair McCraes Augen funkelten. »Ich kann Ihnen gar nicht genug danken, Cromwell, dass Sie so schnell gehandelt haben«, sagte er. »Er hat eine Chance, ja. Eine klare Chance. Man darf sich keine Illusionen machen, aber es sieht so aus, als könnte man die Kugel herausholen. Wenn es gelingt, den jungen Mann am Leben zu erhalten, müsste er sich im Laufe der Zeit wieder erholen können. Hoffen wir, dass die Operation gelingt.«

Sir McCrae hatte Freddie eben untersucht und stand jetzt zusammen mit Chefinspektor Cromwell im Vorraum des Operationssaals. Sir Alistairs Ärzte- und Schwesternpersonal traf gerade alle Vorbereitungen für den Eingriff.

»Und wenn Sie Erfolg haben?«, fragte Cromwell. »Ich meine, wenn der junge Mann zu sich kommt - glauben Sie, dass er dann sprechen kann?«

»Aha, da kommt der Kriminalist zum Vorschein«, meinte McCrae trocken. »Kann Ihnen der junge Mann etwas Wichtiges sagen?«

»Nur, wer die Mörder seines Vaters sind - das ist alles«, erwiderte Ironsides grimmig. »Ich glaube, dass er die beiden Verbrecher ganz genau gesehen hat, und wenn er uns keine Beschreibung zu liefern vermag, dann bekommen wir überhaupt keine. Er ist unser einziger Zeuge. Jawohl, ich habe auch aus eigensüchtigen Motiven gehandelt, als ich ihn sofort zu Ihnen brachte«, gab der Chefinspektor zu, als er Sir Alistairs Blick auffing. »Gleichzeitig möchte ich ihm aber die beste Behandlung zuteilwerden lassen. Er ist ein Freund meines Sergeanten.«

»Wirklich? Ihr Sergeant hat also aristokratische Freunde, wie?«

»Mein Sergeant ist selber eine Art Aristokrat«, schnaubte Cromwell. »Hendon College, Sie verstehen. Er war auch einige Zeit im Diplomatischen Dienst. Nicht, dass ich ihm das übelnehme. Sergeant Lister ist in Ordnung.«

Sir Alistair hörte ihm gar nicht zu.

»Das Herz ist schwach. Wir müssen bei der Narkose sehr vorsichtig sein. Es gibt da ein neues Mittel, das die Russen entwickelt haben.«

»Irgendwo muss ich das gelesen haben...«

»Erstaunlich, diese neuen Mittel«, sagte der Chirurg. »Gerade bei Gesichtsoperationen haben sie sich sehr bewährt.«

»Wann soll es losgehen? Sofort?«

»In ein paar Minuten.«

»Und dann wird gleich operiert?«

»Nein, wir müssen noch einige Vorbereitungen treffen. Übrigens hätte der junge Mann in einem der üblichen Krankenhäuser wohl nicht ganz dieselben Chancen gehabt - ohne dass ich mich nun rühmen will.«

»Sie können sich selbst Dank sagen«, brummte Cromwell. »Wenn Sie mich mit Ihrem Vortrag gestern nicht so beeindruckt hätten, wäre ich wohl gar nicht auf den Gedanken gekommen, den jungen Mann zu Ihnen zu bringen. Dabei wusste ich nicht einmal, ob Sie überhaupt greifbar waren...«

»Mein lieber Chefinspektor, ich bin Ihnen sehr dankbar«, unterbrach ihn McCrae. »Fälle solcher Art bekommt man nicht jeden Tag unter die Finger.«

»Richtig«, sagte Ironsides und warf einen Blick auf die Uhr. »Inzwischen könnte ich ja...«

Er wurde unterbrochen. Ein junges Mädchen mit tränenüberströmtem Gesicht und aufgelöstem Haar, die Augen angstvoll geweitet, betrat den Vorraum. Sie wartete kaum ab, bis die Krankenschwester ihren Namen genannt hatte. Ihr Blick glitt flehend zwischen Cromwell und Sir Alistair hin und her. Der Chefinspektor trat schnell auf sie zu.

»Miss Faraday?«, wiederholte er. »Sie sind Mr. Hollisters Verlobte? Lister hat mir...«

»Ist er - ist - ?« Ihre Stimme versagte. Sie schluckte krampfhaft. »Man hat mir gesagt...«

»Er lebt, aber wir müssen uns auf das Schlimmste gefasst machen, Miss Faraday«, erklärte Cromwell mit größerer Offenheit, als der Chirurg für angebracht gehalten hätte. »Ich bin Chefinspektor Cromwell. Lord Traviston und sein Sohn wurden buchstäblich an meiner Schwelle niedergeschossen. Ich hielt es für besser, den jungen Mann hierherzubringen. Wenn ihm jemand helfen kann, dann ist es Sir Alistair McCrae.«

»Ich kann nur hoffen, dass der Erfolg die Zuversicht des Chefinspektors rechtfertigt, Miss Faraday«, meinte der Chirurg. »Der Zustand des jungen Mannes ist natürlich kritisch, aber eine Chance ist vorhanden.«

»Kann ich ihn sehen?«, flüsterte Hazel. »Vielleicht - vielleicht ist es zum letzten Mal...«, sagte sie mit erstickter Stimme. »Wir haben doch vorhin noch miteinander gelacht...«

Sir Alistair führte sie wortlos hinaus. Nach einigen Minuten kam Hazel allein zurück. Cromwell machte sich gerade Notizen. Sie kam ihm ruhiger vor. Er warf ihr einen prüfenden Blick zu und wunderte sich.

»Freddie wird es schaffen«, sagte sie zuversichtlich. »Sir Alistair hält die Chancen zwar für gering, aber ich weiß es!«

Cromwell brachte es nicht übers Herz, ihr zu widersprechen. Er fasste einen Entschluss, und bevor sie noch richtig überlegen konnte, saß sie schon mit ihm in dem Wagen, der sie hergebracht hatte. Watson, Lord Travistons Chauffeur, saß am Steuer.

»Seit wir die Nachricht bekommen haben, scheinen Stunden vergangen zu sein, aber in Wirklichkeit ist es natürlich noch gar nicht lange her«, meinte Hazel. »Die arme Lady Traviston! Sie ist zusammengebrochen, kein Wunder. Bitte, Mr. Cromwell - können Sie mir sagen, wer das getan hat? Und warum? Wer kann einen Grund gehabt haben, Freddie umzubringen?«

»Ich glaube nicht, dass jemand Freddie umbringen wollte«, erwiderte Cromwell. »Im Programm war das gar nicht vorgesehen. Lord Traviston ahnte offenbar etwas von der Gefahr; er rief nämlich kurze Zeit vor der Tragödie in meiner Wohnung an und wollte sich mit Johnny Lister zu einem Gespräch verabreden. Lister ist mein Sergeant und seit langem mit Freddie befreundet. Meiner Meinung nach wollten die Täter gar nicht so drastisch vorgehen, aber als sie Lord Traviston vor meinem Haus halten sahen, begannen sie zu schießen. Fragen Sie mich nicht, warum. Freddie war seinem Vater gefolgt und tauchte gerade im entscheidenden Augenblick auf - mit tragischen Folgen. In seiner Aufregung begriff er vermutlich gar nicht, dass er mit dem Tod spielte, als er die Verbrecher verfolgte.«

»Ich verstehe das einfach nicht«, sagte Hazel verwirrt, »Für mich ist das Ganze ein Rätsel. Freddies Vater war ein so gütiger, harmloser Mensch. Was kann er für Feinde gehabt haben? Ich meine, Feinde, die gleich zur Waffe greifen?« Sie rutschte unruhig hin und her. »Wie lange müssen wir warten, bis wir über Freddies Zustand Bescheid wissen? Warum haben Sie mich mitgenommen? Ich will in seiner Nähe bleiben.«

»Keine Sorge, das kommt noch«, versprach Cromwell. »Ich will auch dabei sein und nehme Sie wieder mit. Ich konnte Sie doch nicht allein im Vorraum sitzen lassen. Sie dürfen sich nicht unnötig quälen. Haben Sie an Freddies Mutter gedacht, die jetzt ganz allein ist? Ehemann und Sohn...«

»Ja, ich bin egoistisch«, gab Hazel sofort zu. »Sie haben natürlich recht, Mr. Cromwell. Die arme Lady Traviston! Ich muss natürlich bei ihr bleiben.«

Zu Cromwells Überraschung war Lady Traviston ruhig und gefasst. Ihr ebenmäßiges, mütterliches Gesicht spiegelte wider, was sich in ihrem Inneren abspielte, aber sie schien in einer Art Betäubung zu verharren. Das Wissen, dass ihr Sohn noch lebte und Chancen hatte, die Verletzung zu überstehen, gab ihr Kraft und Mut.

»Das ist alles so unbegreiflich, Mr. Cromwell«, sagte sie kopfschüttelnd. »Wir hatten heute Abend eine Gesellschaft, und mein Mann war gut gelaunt. Sir Hugo sagte noch zu mir, er habe ihn selten in so guter Stimmung gesehen.«

»Sir Hugo?«

»Sir Hugo Vaizey. Einer von unseren Gästen. Die anderen waren Colonel Petherton-Charters und Bruce Aldrich.«

Lady Traviston hob die Schultern. »Drei Geschäftspartner meines Mannes, mit denen er seit Jahren eng befreundet war.«

»Und wo sind die Herren jetzt?«, erkundigte sich Cromwell.

»Das weiß ich nicht. Nach dem Essen führte sie mein Mann in die Bibliothek. Eines der üblichen Geschäftsgespräche, nehme ich an. Es scheint dabei zu Meinungsverschiedenheiten gekommen zu sein. Jedenfalls verließen sie urplötzlich das Haus. Ich wusste nicht einmal, dass Biff ebenfalls weggefahren, war - mein Mann hieß Frederick, wie unser Sohn, aber ich nannte ihn immer Biff. Ich wusste nicht einmal, dass er fortgegangen war...« Sie unterbrach sich und sagte zu dem Mädchen: »Erzähl Mr. Cromwell, was dir an Biff aufgefallen ist.«

»Ja, es war sehr merkwürdig«, meinte Hazel stirnrunzelnd. »Freddie und ich waren gerade nach Hause gekommen. Sein Vater stürmte an uns vorbei, als wären wir Luft gewesen.«

»Zerstreut, meinen Sie?«

»Ja, aber irgendwie auf ganz besondere Art. Zerstreut ist er eigentlich meistens gewesen. Er sah - merkwürdig aus. Ich habe diesen Ausdruck auf seinem Gesicht noch nie gesehen. Als ihn Freddie ansprach, reagierte er überhaupt nicht. Er stieg in seinen Wagen und fuhr davon. Das war an sich schon eigenartig, weil er sonst nie selbst fuhr.«

»Und dann?«

»Freddie ging in die Bibliothek, um nachzusehen, ob Biff ihm auf dem Tonbandgerät eine Nachricht hinterlassen hatte.«

»Wie kam er darauf?«, fragte Ironsides überrascht.

Hazel erklärte ihm die Hintergründe. Cromwell nickte, und Hazel berichtete, wie Freddie aufgeregt hinausgestürmt sei und ihr zugerufen habe, er werde bald zurück sein.

»Ich dachte auch an das Diktiergerät, nachdem wir die entsetzliche Nachricht bekommen hatten«, sagte das Mädchen. »Aber das Tonband fehlt, und ich kann mir nicht vorstellen, dass Freddie es mitgenommen hat. Ich weiß auch gar nicht, was er in der Bibliothek gefunden hat und weshalb er so plötzlich davonrannte.«

Cromwell sah ein, dass ihm Lady Traviston und Hazel nicht weiterhelfen konnten. Er bat darum, die Bibliothek besichtigen zu dürfen. Parker begleitete ihn.

»Lord Traviston und seine drei Gäste waren doch einige Zeit allein, nicht wahr?«, fragte der Chefinspektor. »Wissen Sie, wie lange?«

»Nicht länger als eine halbe Stunde, Sir.«

»Bitte missverstehen Sie mich jetzt nicht, Parker«, brummte Cromwell. »Sind Sie zufällig durch die Halle gekommen, als die Unterhaltung zwischen den vier Männern im Gange war, und haben Sie dabei etwas hören können?«

Der Butler nickte sofort.

»Jawohl, Sir, ich habe etwas gehört«, sagte er eifrig. »Die Herren stritten miteinander. Es ging ziemlich laut zu. Kurze Zeit danach verabschiedeten sich Sir Hugo und die beiden anderen Herren. Sie hatten es plötzlich sehr eilig.«

»Machten sie einen wütenden Eindruck?«

»Das kann man eigentlich nicht sagen. Sir Hugo lächelte wie immer, aber Mr. Aldrich und der Colonel schienen ziemlich erregt zu sein.«

»Haben Sie Lord Traviston wegfahren sehen?«

»Nein, Sir. Er läutete und befahl mir, den Wagen bringen zu lassen. Er machte einen kranken Eindruck. Ich wusste aber nicht, dass er weggefahren war, bis Mr. Freddie und Miss Hazel ins Haus kamen.«

»Um welche Zeit war das?«

»Gegen halb zehn, Sir.«

»Und Sie haben nichts mehr gehört, bis die Polizei die traurige Nachricht brachte?«

»Nein, Sir. Der Colonel kann vom Tod Seiner Lordschaft nichts gewusst haben, als er zurückkam, sonst hätte er davon gesprochen.«

»Colonel Petherton-Charters ist zurückgekommen?«

»Jawohl, Sir.«

»Wann?«

»Punkt zehn Uhr, Sir. Die Uhr in der Halle schlug gerade, als ich die Tür öffnete. Der Colonel sagte, er habe in der Bibliothek etwas liegenlassen. Er war nur zwei oder drei Minuten im Haus.«

Ironsides nickte. Lord Traviston hatte also das Haus kurz nach seinen Gästen verlassen, mit denen es zu einer Auseinandersetzung gekommen war. Parker schien sich auch in der Zeit nicht geirrt zu haben, denn der Mord hatte um 21.41 Uhr stattgefunden. Und um zehn Uhr war Colonel Petherton-Charters hierher zurückgekommen! Doch wohl nur ein Zufall, denn wenn Petherton-Charters über Lord Travistons Tod informiert gewesen wäre, hätte er das doch bestimmt nicht verschwiegen. Entweder war der Colonel belastet, oder er wusste überhaupt nichts.

In diesem Augenblick erschien Johnny Lister. Sein Bericht klang nicht ermutigend.

»Bis jetzt sind wir nicht weitergekommen, Old Iron«, sagte er zu Cromwell. »Der Spurensicherungsdienst hat sich natürlich an die Arbeit gemacht. Der Wagen der Täter ist ein Alvis, und man hat ihn auf der anderen Seite des Regent Parks gefunden.«

»Gestohlen, wie?«

»Ja. Und zwar auf raffinierte Weise. Er wurde aus der Garage eines Arztes im Bezirk Bayswater entwendet, und der Arzt ist für einige Tage verreist. Niemand wusste von dem Diebstahl, bis wir Erkundigungen einzogen.«

»Natürlich keine Fingerabdrücke.«

»Leider nicht.«

»Sehr viel hilft uns die Daktyloskopie heutzutage nicht«, beschwerte sich Cromwell. »Die Herren Verbrecher werden immer vorsichtiger. Na, wir können nur das Beste hoffen.«

Er betrat die Bibliothek und schaute sich um.

»Merkwürdig«, sagte er zu Johnny. »Als der junge Hollister seinem Vater nachraste, wusste er, dass Traviston zu dir wollte. Also muss eine Nachricht im Zimmer hinterlassen worden sein. Entweder schriftlich oder diktiert.«

»Dafür haben wir keine Beweise«, widersprach der Sergeant. »Woher wissen wir, dass er seinem Vater nicht nur aufs Geratewohl folgte?«

»Ausgeschlossen. Als Freddie in seinen Sportwagen stieg, war das Fahrzeug seines Vaters längst verschwunden. Eine andere Möglichkeit gibt es nicht. Traviston hatte ein, zwei Minuten Vorsprung. Wenn Freddie seinen Vater früher entdeckt hätte, wäre er ja einzuholen gewesen.«

Ironsides trat an den Schreibtisch. Schreibgarnitur - Löschunterlage - Papiere - Briefkörbe. Alles an seinem Platz. Cromwell wandte sich dem Diktiergerät zu.

»Schau, Johnny!«, sagte er.

An einer Spule hing noch ein kleiner Rest eines abgerissenen Tonbands.

»Traviston hatte also eine mündliche Nachricht hinterlassen«, sagte Cromwell. »Hm! Der junge Mann hat das Tonband sicher nicht mitgenommen.«

Cromwells Blich richtete sich unwillkürlich auf den offenen Kamin. Das Feuer dort war niedergebrannt. Ironsides kniete davor nieder, entfernte das Ziergitter und leuchtete den Rost mit einer Taschenlampe ab.

In der weißen Asche zeigten sich bräunliche, verschmorte Einsprengsel.

»Na und?«, sagte der Sergeant.

Fünftes Kapitel

Johnny Lister war ein tüchtiger junger Kriminalbeamter, und seine Beziehungen zur Aristokratie taten der Liebe zum Beruf keinen Abbruch. In diesem besonderen Fall kam es ihm noch weit mehr darauf an, zu einem schnellen Resultat zu gelangen. Freddie Hollister war zwar kein enger Freund, aber eben doch ein Freund, mit dem er sich seit Jahren regelmäßig traf; er mochte Freddie, und Freddie schwebte in Lebensgefahr. Johnny Lister sehnte sich geradezu danach, die Handfessel um die Gelenke der Mörder schnappen zu lassen.

»Ich verstehe eigentlich nicht, warum du so ein Theater machst«, sagte er zu Cromwell, der immer noch in den Kamin starrte. »Die Sache ist doch sonnenklar. Freddie machte sich Gedanken wegen des merkwürdigen Benehmens, das sein Vater an den Tag legte, ging in die Bibliothek, hörte sich die Nachricht auf dem Tonband an und stürmte sofort hinaus, weil er hoffte, ihn noch einholen zu können, bevor er zu uns kam.«

»Brillant!«, lobte Cromwell sarkastisch. »Und bevor er hinausrannte, riss er das Tonband von der Spule und verbrannte es hier im Kamin?«

»Ja. Die Nachricht erschreckte ihn, und er wollte verhindern, dass sie anderen zur Kenntnis gelangte.«

»Quatsch.«

»Wieso denn?«

»Ausgeschlossen. Der junge Mann war sehr erregt, aber er wusste, dass es auf Sekunden ankam, wenn er eine Chance haben sollte, seinen Vater einzuholen. Ein gelassener Mensch hätte vielleicht das Tonband abgespult und im Kamin angezündet - aber nicht Freddie, in seiner Aufregung. Nein, das Tonband hat dieser Colonel Sowieso verbrannt.«

»Aber warum...?«

»Warum? Das weiß ich doch auch nicht!«, fuhr ihn Cromwell an. »Aber Petherton-Charters - du meine Güte, das ist ein Name! Der Colonel ist einer von Travistons ältesten Freunden, und er hielt es vielleicht für ratsam, die Nachricht zu beseitigen. Ich glaube aber nicht, dass er zu diesem Zweck zurückkam. Er hatte anscheinend in der Bibliothek etwas vergessen und wollte sich das holen.«

Ironsides ging ein paarmal hin und her und machte ein finsteres Gesicht.

»Wir sollten vielleicht rekonstruieren, was sich abgespielt hat«, fuhr er fort. »Wir dürfen wohl annehmen, dass es zwischen Lord Traviston und seinen Gästen zu Streitigkeiten kam. Nachdem sie das Haus verlassen hatten, rief er in unserer Wohnung an. Er wollte mit dir sprechen. Das verstehe ich eben nicht ganz, Johnny. Was, zum Teufel, kann er von dir gewollt haben? Du hast ihn ja nicht einmal gekannt, nicht wahr?«

»Nein. Freddie wollte mich im vorigen Sommer zu Hause einmal vorstellen, aber das hat dann aus irgendeinem Grund nicht geklappt. Ich habe mir übrigens auch den Kopf darüber zerbrochen, Ironsides. Wenn Lord Traviston Angst hatte, warum wandte er sich dann nicht gleich an Scotland Yard?«

»Wahrscheinlich gibt es dafür einen guten Grund, aber ob wir ihn jemals erfahren, ist recht zweifelhaft«, meinte Cromwell. »Meiner Meinung nach fiel Lord Traviston ein, dass du mit Freddie befreundet bist. Entweder saß er in einer Patsche oder er rechnete damit, bald in eine Patsche zu geraten. Natürlich! Er wollte nicht offen zur Polizei gehen. Vielleicht stand zu viel auf dem Spiel. Er wollte sich zuerst privat mit dir unterhalten, um festzustellen, wie es für ihn aussah. Der Freund seines Sohnes - verstehst du? Er wollte dir etwas mitteilen, das er nicht offiziell auszusprechen wagte. Ich wette, dass es mit seinen Geschäftspartnern zusammenhängt - mit diesem Petherton-Charters, Sir Hugo Vaizey und einem gewissen Aldrich.« Ironsides rieb sich das Kinn. »Sir Hugo Vaizey, der in der City eine große Rolle spielt. Hm! Diese drei Männer sind natürlich allem Anschein nach über jeden Verdacht erhaben. Ich halte aber vom Anschein nicht viel. Wir werden ja sehen.«

»Na, hör mal! Du willst doch wohl nicht behaupten, diese Finanzgenies wären in dem Wagen...«

»Natürlich nicht. Die Männer in dem Auto waren bezahlte Spezialisten. Wenn ich nur den wahren Grund für die Rückkehr des Colonels wüsste... Geh zu Lady Traviston hinauf, Johnny, und frag sie, ob sie einen Safeschlüssel hat.«

Der Sergeant verließ die Bibliothek. Als er einige Minuten später wieder zurückkam, hatte sich Cromwell auf Händen und Knien vor dem Safe niedergelassen und schob vorsichtig etwas Zigarrenasche auf ein Blatt Papier.

»Hast du den Schlüssel?«

»Ja, aber ein sehr sicherer Safe scheint das nicht zu sein«, mäkelte Johnny. »Jeder hat offenbar seinen eigenen Schlüssel dafür. Lady Traviston bewahrt ihren Schmuck im Safe auf; den Schlüssel verwahrt sie im Schlafzimmer. Freddie hat auch einen. Ich habe fast erwartet, dass auch der Butler und das übrige Personal...«

»Sehr witzig«, unterbrach ihn Cromwell. »Die Tatsache, dass alle Familienmitglieder Schlüssel zum Safe besitzen, beweist nur, dass Lord Traviston keine Geheimnisse vor Frau und Sohn hatte.«

Er faltete das Papier mit der Asche zusammen und steckte es in die Tasche. Dann steckte er den Schlüssel ins Schloss und öffnete die Safetür. Was konnte da schon Besonderes...

Er erstarrte. Seine Augen weiteten sich. Er steckte den Kopf in das Innere des Tresors und schnupperte.

»Was ist denn, Ironsides?«, fragte Johnny erstaunt.

Der Chefinspektor gab keine Antwort. Er ließ den Blick über den Inhalt der einzelnen Fächer gleiten. Neben Schmuckkassetten gab es auch eine verschlossene Stahlkassette.

»Läute mal, Johnny.«

Als Parker kurz darauf erschien, war der Safe wieder zugeklappt. Cromwell saß auf einer Ecke des Schreibtisches und zündete sich eine Pfeife an.

»Colonel Petherton-Charters hat eine Zigarre geraucht, als er um zehn Uhr zurückkam, nicht wahr, Parker?«

»Das ist richtig, Sir«, gab der Butler zurück. »Jetzt fällt es mir wieder ein.«

»Und Lord Traviston war Nichtraucher?«

»Jawohl, Sir.«

»Danke, Parker.«

Der Butler sah ihn verwirrt an, bevor er den Raum verließ.

»Nicht übel, Old Iron«, meinte Johnny. »Ich möchte auch mal Sherlock Holmes spielen. Achten Sie auf den Schreibtisch, mein lieber Watson. Keine Zigaretten oder Zigarren, kein Aschenbecher, kein Feuerzeug, keine Streichhölzer. Soweit ist es ja ganz einfach. Woher hast du aber gewusst, dass Petherton-Charters eine Zigarre rauchte?«

»Das war noch einfacher«, knurrte Ironsides. »Als ich den Safe öffnete, roch es unverkennbar nach Zigarrenrauch. Ich finde das Ganze reichlich merkwürdig, Johnny. Ich kann zwar verstehen, dass jedes Familienmitglied einen Safeschlüssel hat, aber ist es nicht ein bisschen ungewöhnlich, wenn auch Freunde des Hauses über einen Safeschlüssel verfügen?«

»Allerdings.«

»Der Colonel war nur wenige Minuten in der Bibliothek. Er rauchte eine Zigarre und öffnete den Safe mit einem Schlüssel«, fuhr Cromwell fort. »Er war sehr unvorsichtig, oder mit anderen Worten, nervös. Ein kaltblütiger Mensch hätte nicht vergessen, seine Zigarre fortzuwerfen, bevor er das Haus betrat. Petherton-Charters ließ aber vor dem Safe nicht nur Asche fallen, er blies auch noch Rauch in das Innere.«

»Wir scheinen vorwärtszukommen, aber frag mich nicht, wohin«, sagte Lister und kratzte sich am Kopf.

»Das kann ich dir sagen«, erwiderte Ironsides. »Als Petherton-Charters um zehn Uhr zurückkam, wusste er, dass Lord Traviston tot in der Victoria Street lag.«

»Dafür gibt es doch keinen Beweis...«

»Keinen Beweis!«, knurrte Cromwell. »Hätte er es gewagt, sich am Safe Travistons zu schaffen zu machen, wenn damit zu rechnen gewesen wäre, dass Traviston unerwartet zurückkam und ihn überraschte? Nein, Johnny, Petherton-Charters muss gewusst haben, dass Traviston tot war. Warum hat er das verschwiegen?«

»Weil er offiziell von dem Mord nichts wissen durfte«, gab Johnny zurück. »Das sieht recht böse aus...«

»Nur langsam«, mahnte Cromwell. »Keine voreiligen Schlussfolgerungen. Bis jetzt kann man noch nicht einmal von einem Verdacht sprechen. Vielleicht fürchtet sich Petherton-Charters auch vor den Verbrechern. Sogar für das Öffnen des Safes kann es eine unverdächtige Erklärung geben.« Er stand auf und schritt zur Tür. »Im Augenblick können wir hier nichts mehr tun. Sir Alistair wird bald mit der Operation beginnen. Gehen wir.«

Er gab Lady Traviston den Schlüssel zurück und versicherte ihr, dass die erste Durchsicht des Safes nichts von Bedeutung ergeben habe. Sie war gerade dabei, zusammen mit Hazel das Haus zu verlassen.

»Ich will in Freddies Nähe sein«, sagte sie tonlos. »Wir werden ja bald Bescheid wissen, so oder so...«

»Es gibt nur eine Möglichkeit«, widersprach Hazel. »Es kann nur eine geben. Freddie bleibt am Leben.«

Hinter Cromwells rauer Schale verbarg sich kein zynischer Kern, aber er hatte ein zusätzliches Motiv, der Operation einen guten Ausgang zu wünschen. Wenn Freddie am Leben blieb, würde er sprechen. Vielleicht hing es an einem Faden, ob man die Mörder seines Vaters fassen konnte.

Sechstes Kapitel

Im Operationssaal herrschte eine gespannte Atmosphäre. Chefinspektor Cromwell war als Zuschauer zugelassen; Hazel Faraday saß zusammen mit Freddies Mutter in einem Wartezimmer.

Ironsides verfolgte die letzten Vorbereitungen mit Interesse. Er bewunderte den reibungslosen Ablauf und die ruhige Sicherheit, mit der Chirurg, Assistenten und Schwestern ihrer Arbeit nachgingen.

Die Zeit schien sich endlos zu dehnen. Abgesehen von gemurmelten Anweisungen Sir Alistairs herrschte Totenstille im Saal.

Endlich richtete sich der Chirurg mit einem Seufzer auf. Er konnte es seinen Assistenten überlassen, die Wunde zu verschließen und zu verbinden.

Ironsides trat zwei Schritte vor. Sir Alistair ließ sich eine kleine Schale geben, in der das Geschoss lag. Er gab Cromwell ein Zeichen. Sie verließen den Saal. Im Vorraum nahmen sie die Masken ab.

»Hier ist das Geschoss, Chefinspektor. Ich glaube, wir bringen den Patienten durch.«

Trotz der vorsichtigen Worte des Chirurgen stand für Cromwell fest, dass die Operation erfolgreich verlaufen war.

»Der Fall ist nahezu einmalig«, erklärte Sir Alistair. »Das Geschoss hat, wie durch ein Wunder, keinen großen Schaden angerichtet. So etwas kommt selten vor.«

»Bestehen gute Aussichten?«

»Sehr gute. Die Schädigung des Gehirns ist so geringfügig, dass ich nicht mit Komplikationen rechne«, erwiderte McCrae zuversichtlich. »Natürlich ist der Zustand des jungen Mannes ernst, aber er ist sehr kräftig. Es wird vermutlich eine Woche dauern, bis er wieder bei Bewusstsein ist. Ich glaube, dass er es schaffen kann.«

Er lächelte und wies auf das Geschoss. »Das übergebe ich wohl am besten Ihnen, nicht wahr?«

»Ja. Ich nehme es mit«, sagte Cromwell. »Vielleicht hilft es uns weiter.«

»Haben Sie schon irgendwelche Spuren gefunden?«

»Nichts Brauchbares - unter uns gesagt«, gab Ironsides zu. »Aber wir fassen die Kerle schon.«

Sir Alistair unterrichtete Mutter und Verlobte. Hazel begann vor Erleichterung zu weinen, und Lady Traviston atmete tief ein. Sie wirkte immer noch halb betäubt.

»Ich bringe sie nach Hause«, sagte Hazel. »Sobald sie weinen kann, wird sie sich besser fühlen. Ich bleibe die ganze Nacht bei ihr.«

»Gut«, sagte Sir Alistair. »Aber setzen Sie sich möglichst bald mit Lady Travistons Arzt in Verbindung. Sie scheint einem Zusammenbruch nahe zu sein.«

Cromwell führte Lady Traviston mit Hazels Hilfe zum Wagen. Erleichtert sah er ihn davonfahren.

Sergeant Lister trat zu ihm.

»Du scheinst aber nicht sehr zufrieden zu sein, Ironsides«, meinte er. »Die gute Nachricht...«

»Warum sollte ich zufrieden sein?«, fragte der Chefinspektor. »Wir haben das Geschoss, aber inzwischen werden unsere Leute auch schon die Kugel gefunden haben, die Lord Traviston das Leben kostete. Wir brauchen die

Waffe dazu. Hier können wir nichts mehr tun. Es dauert mindestens eine Woche, bis Freddie sprechen kann.«

»Was willst du tun - einen Beamten an sein Bett setzen, damit Freddie gleich mit Fragen belästigt wird, wenn er zu sich kommt?«, erkundigte sich Johnny. »Da würde ich vorher lieber mit Sir Alistair sprechen. So etwas erlaubt er nie. Es wird Wochen dauern, bis uns Freddie helfen kann.«

»Du bist eine große Hilfe!«, brummte Cromwell. »Nicht der kleinste Hinweis auf die Täter, und der einzige, der sie gesehen hat und uns helfen könnte, ist Freddie. Bis er sprechen kann, sind sie in Südamerika!«

»Oder immer noch in London«, sagte Johnny. »Warum sollten sie die Flucht ergreifen? Sie glauben ja, dass sie sicher sind.«

»Stimmt ja auch«, gab Cromwell zurück. »Ich sehe mir den Wagen später mal an. Aber zuerst habe ich etwas anderes vor.«

»Hast du die letzten Abendausgaben gesehen?«, fragte Johnny. »Lauter Extrablätter. *Sensation im West End.* Es heißt übereinstimmend, dass zwei Männer getötet worden seien, einer davon sei Lord Traviston... Morgen früh wird sich jemand wundern, Ironsides.«

»Ja, es wird ein ganz schöner Schock sein, wenn sie lesen, dass Freddie noch lebt«, bestätigte Cromwell. »Hm! Das bringt mich auf eine Idee... Der junge Mann muss scharf bewacht werden.«

»Bewacht?«

»Ergibt sich das nicht von selbst?«, fragte Cromwell ungeduldig. »Freddie hat die Mörder deutlich gesehen. Deswegen schoss man ja auf ihn. Morgen steht in allen Zeitungen, dass er lebt. Er liegt bewusstlos in einer Klinik im West End...«

»Und wenn er aufwacht, wird er alles ausplaudern«, ergänzte der Sergeant. »Vollkommen richtig, Old Iron. Wir müssen ihn unbedingt bewachen... Moment mal!«

»Was denn?«

»Ob Freddie die Männer im Wagen erkannt hat? Ich meine, ob er sie namentlich kennt? Stell dir doch nur mal vor, Ironsides! Sie haben ihn niedergeschossen, weil sie wussten, dass er sie erkannt hatte.«

»Das wäre großartig, Johnny, aber für wahrscheinlich halte ich es nicht«, meinte Cromwell kopfschüttelnd. »Wenn in diesem Fall etwas feststeht, dann doch wohl, dass die Mörder bezahlte Spezialisten waren. Wir tappen vorerst im Dunkeln, und ich habe dir schon oft gesagt, dass es nicht ganz ungefährlich ist, nur mit Theorien zu arbeiten. Wir wissen nur, dass wir Freddie schützen müssen. Die Täter werden alles daransetzen, ihn zum Schweigen zu bringen.«

Als sie in das Polizeifahrzeug stiegen, wies Ironsides Johnny an, nicht zu Scotland Yard, sondern nach Bayswater zu fahren.

»Warum?«

»Nur so. Ich möchte mich kurz mit Colonel Petherton-Charters unterhalten, bevor er die morgigen Zeitungen liest«, erwiderte Cromwell gelassen. »Lady Traviston war so freundlich, mir seine Adresse zu geben. Alter Freund der Familie, verstehst du.«

Winslow Court, wo der Colonel wohnte, entpuppte sich als ein Block von Luxuswohnungen. Cromwell ließ den Wagen im Hof stehen. Sie fuhren mit dem Lift nach oben.

Petherton-Charters öffnete selbst, nachdem der Chefinspektor geläutet hatte. Der Colonel kaute nervös an einer halbgerauchten Zigarre. Die Röte seines Gesichts zeigte, dass er getrunken hatte. Er trug einen seidenen Morgenrock und Hausschuhe.

»Verzeihen Sie, dass wir so spät stören, Colonel...«

»Was wollen Sie?«

»Ich komme wegen Lord Traviston...«

»Ach so.« Der Colonel richtete sich auf. »Kriminalpolizei, wie? Kommen Sie herein.«

Er führte sie in ein elegantes Wohnzimmer.

»Weiß zwar nicht, was ich tun könnte«, schnarrte er. »Darf ich Ihnen etwas zu trinken anbieten? Schreckliche Geschichte, was? Ich habe natürlich davon gehört... Der arme Biff! Einer meiner ältesten Freunde... Sie kommen von Scotland Yard?«

»Ja, Sir. Mein Name ist Cromwell. Chefinspektor Cromwell. Wenn ich Sie nicht allzu sehr belästige, möchte ich Ihnen ein paar Fragen stellen.«

Der Colonel sah ihn verständnislos an.

»Fragen? Was kann ich Ihnen schon sagen? Traviston war völlig in Ordnung, als ich abends bei ihm war. Aber das ist nur natürlich, nicht wahr? Ich meine, er wusste ja nicht...«

Fruitys Stimme erstarb. Er füllte ein Glas mit Whisky und trank.

»Ich habe ein persönliches Interesse an dem Fall, Sir - weil Lord Traviston praktisch vor meiner Tür erschossen wurde«, erklärte Cromwell. »Er hatte eben seinen Wagen verlassen...«

»Vor Ihrer T-Tür?«

»Ja. Leider öffnete ich sie ein paar Sekunden zu spät und bekam den Mörder nicht zu Gesicht.«

»Sehr ärgerlich«, sagte Petherton-Charters.

Er trank wieder, aber ob aus Verwirrung oder Erleichterung, konnte Cromwell nicht recht entscheiden.

»Tatsache ist, dass ich in eine Sackgasse geraten bin, Colonel«, gestand der Chefinspektor. »Ich scheine nicht voranzukommen. Dürfen wir uns setzen?«

»Selbstverständlich. Entschuldigen Sie! War ganz in Gedanken.«

»Das ist mein Assistent, Sergeant Lister.«

»Erfreut!«, sagte der Colonel heiser.

»Sehr erfreut«, erklärte Johnny liebenswürdig.

»Trinken Sie doch einen Schluck!«, meinte Fruity.

»Vielen Dank, Sir, aber wir sind im Dienst«, erwiderte Ironsides, der sich um Vorschriften grundsätzlich nicht kümmerte. »Wir können uns kein plausibles Motiv für den Mord vorstellen. Wir neigen eher zu der Meinung, dass Lord Traviston einer tragischen Verwechslung zum Opfer gefallen ist.«

»Ja, zum Donnerwetter! Das ist doch naheliegend«, sagte der Colonel eifrig. »Da sind Sie bestimmt auf dem richtigen Weg. Klar. Wer hätte schon ein Interesse daran haben können, den armen Biff umzubringen? Er war doch wirklich harmlos.«

»Die Frage ist nur, ob sich diese Theorie halten lässt«, fuhr Cromwell fort. »Der Mörder war nur einen Meter von Lord Traviston entfernt. Er kann sein Opfer also doch wohl kaum verwechselt haben. Ist Ihnen um zehn Uhr in Lord Travistons Bibliothek etwas Besonderes aufgefallen?«, fragte er plötzlich.

Der Colonel geriet in Gefahr, seine Zigarre zu verschlucken.

»Verzeihung! Sehr unangenehm...«, stotterte er. »Ich habe Rauch verschluckt.« Er griff unsicher nach seinem Glas. »Zehn Uhr? Sagten Sie zehn Uhr? Das ist ja... Um zehn Uhr war ich doch nicht... Ich bin zusammen mit Vaizey und Aldrich kurz nach neun Uhr gegangen.«

»Aber Sie kamen um zehn Uhr noch einmal zurück, Sir«, sagte Ironsides ruhig.

»Wie? Das ist doch... Aber ja! Sie haben natürlich recht!« Der Colonel schlug sich mit der Hand an die Stirn. »Ganz richtig. Ich hatte Papiere auf Biffs Schreibtisch liegenlassen und wollte sie mir holen.«

»Jawohl, Sir«, sagte Cromwell geduldig.

»Wie? Was...«

»Ich habe Sie etwas gefragt, Sir.«

»So? Verzeihung, aber... Ach ja! Ob mir etwas Besonderes aufgefallen ist?« Petherton-Charters nahm sich zusammen. »Was meinen Sie - Besonderes? Biff war nicht da, und ich wollte ihn nicht stören. Es handelte sich ja nur um eine Kleinigkeit. Ich ging hinein, nahm meine Unterlagen und verließ das Haus wieder.«

Ironsides seufzte.

»Sehr schade, Sir«, sagte er. »Ich hatte gehofft, Sie würden mir vielleicht helfen können. Lord Traviston verließ sein Haus so plötzlich und unter derart merkwürdigen Umständen, dass ich annahm, irgendetwas in der Bibliothek könnte das Rätsel lösen.«

»Aha. Ich verstehe«, meinte Fruity erleichtert. »Tut mir leid. Mir ist nichts aufgefallen.«

»Sie haben nicht zufällig gemerkt, ob im Diktiergerät ein Tonband war?«

»Diktiergerät?«, wiederholte Petherton-Charters und blinzelte. »Ich wusste gar nicht, dass Biff so einen Kasten hat. Hören Sie mal, Chefinspektor, ich war vielleicht eine halbe Minute in der Bibliothek. Ich dachte, Traviston sei oben im Salon... Du meine Güte! Um diese Zeit war er ja schon tot, nicht wahr?« Er trank wieder einen Schluck Whisky. »Der Arme! Entsetzlich... Und Freddie dazu. Das ist einfach unfassbar. Ich habe in der Zeitung gelesen, dass auch Freddie tot ist. Ich bin tief erschüttert, das können Sie mir glauben.«

»Verbrechen dieser Art erschüttern jeden, Sir«, sagte Cromwell und erhob sich. »Sie werden also erleichtert sein, wenn Sie hören, dass Freddie Hollister der Kugel nicht zum Opfer gefallen ist. Man hat ihn operiert, und er wird am Leben bleiben...«

Er hörte einen gurgelnden Laut, dann sackte der Colonel ohnmächtig zusammen.

»Na, so was!«, sagte Cromwell unschuldig. »War ich jetzt wirklich zu rücksichtslos, Johnny? Ist er nur ohnmächtig, oder hat ihn der Schlag getroffen?«

Siebtes Kapitel

Mit Cognac wurde Colonel Petherton-Charters wieder ins Leben zurückgerufen. Cromwell hatte die Gelegenheit benützen wollen, sich in der Wohnung umzusehen, aber der Colonel kam schneller zu sich, als er angenommen hatte.

»Was - was ist denn? Oh! Verzeihung! Bin ich umgekippt?« Er atmete schwer. »Weiß gar nicht, was mit mir los ist... Mein Herz macht mir wieder zu schaffen. Seit meiner Krankheit vor zwei Jahren bin ich sehr anfällig, bei guten wie bei schlechten Nachrichten. Was sagten Sie? Freddie ist nicht tot? Das ist eine wunderbare Nachricht.«

Er wirkte so erleichtert wie ein Mann, der eben die Nachricht bekommen hat, dass sein ganzes Vermögen verloren ist.

»Jawohl, Sir«, sagte Ironsides. »Wir hatten Glück. Die Operation konnte sofort vorgenommen werden. Tut mir leid, dass ich Sie so erschreckt habe, Colonel. Das war ungeschickt von mir...«

»Nein, nein. Sie brauchen sich nicht zu entschuldigen«, wehrte Fruity ab. »Was ist in dem Glas? Cognac?« Er kippte den Rest hinunter. »Freddie ist also operiert worden? Fiat er das Bewusstsein schon wiedererlangt?«

Seine Erleichterung, als Cromwell den Kopf schüttelte, war unverkennbar.

»Die moderne Chirurgie leistet Ungeheures, Sir, aber Wunder kann sie auch nicht bewirken. Mr. Hollisters Zustand ist sehr ernst, und es wird Tage dauern, bevor er zu sich kommt. Ob er am Leben bleibt, steht noch nicht mit

Sicherheit fest, aber McCrae ist sehr tüchtig und hat große Hoffnungen. Wir verabschieden uns jetzt, Sir. Schade, dass Sie uns nicht mehr helfen konnten. Fertig, Sergeant?«

»Sehr schön, Ironsides«, sagte Johnny, als sie im Wagen saßen.

»Unser guter Colonel weiß mehr über das Verbrechen, als er zugeben will«, sagte Cromwell befriedigt.

»Das kann man wohl behaupten. Was? Halten soll ich? Wozu?«

»Das hörst du gleich.«

Johnny brachte den Wagen zum Stehen.

»Willst du ihn vielleicht festnehmen?«, fragte er. »Das Beweismaterial reicht doch niemals...«

»Wir haben überhaupt kein Beweismaterial«, unterbrach ihn der Chefinspektor. »Keine Spur davon. Vielleicht hat er wirklich ein schwaches Herz und ist von Natur aus nervös.«

»So?«

»So würde sich Petherton-Charters jedenfalls verteidigen, wenn man ihn beschuldigen sollte. Er käme auch durch damit. Wir brauchen Konkreteres, Johnny - und deshalb lasse ich dich hier.«

»Wenn das ein Witz sein soll...«

»Du hast wohl gedacht, dass du jetzt ins Bett kommst, wie? Das kannst du dir gleich aus dem Kopf schlagen. Du beobachtest Petherton-Charters' Wohnung. Wenn er weggeht, folgst du ihm...«

»Das kann ja nicht schwer sein«, meinte der Sergeant. »Er wird das erste Taxi nehmen, das er sieht - und was mache ich? Im Film kommt ja immer gleich eines hinterher, aber in Wirklichkeit sieht es doch ganz anders aus.«

»Der Wagen da ist besser als ein Taxi«, erwiderte Cromwell. »Ein Taxi kann ich ja auch nehmen. Es mag sein, dass der Colonel heute nichts mehr unternimmt, aber ich glaube es nicht. Er hat glatt gelogen, als er behauptete, nichts von einem Diktiergerät zu wissen.«

»Er muss auch über die Tat informiert sein, sonst wäre er nicht umgekippt«, bestätigte Lister. »Wenn du mich fragst, steht Petherton-Charters hinter der ganzen Geschichte...«

»Ich frage dich aber nicht«, unterbrach ihn Ironsides. »Pass lieber gut auf ihn auf.«

Genau in diesem Augenblick telefonierte Petherton-Charters. Er hatte Sir Hugo Vaizeys Nummer gewählt.

»Was gibt es, Fruity?«, fragte Sir Hugo. »Fühlen Sie sich nicht wohl?«

»Hören Sie zu, Vaizey. Etwas Furchtbares ist passiert!«

»Ja?«, sagte Sir Hugo gelassen. »Sie sind aber sehr ungeschickt, Fruity. Jedes kleine Kind kann an einer Zapfstelle...«

»Kind? Zapfstelle?«, ächzte Fruity, der Sir Hugos Andeutung, es sei unklug, am Telefon Vertrauliches zu besprechen, nicht begriff. »Was soll denn das?«

»Kommen Sie lieber her.«

»Zu Ihnen? Ja, gewiss. Verzeihung! Verstehe schon. Durchaus. Ich komme.«

Er legte auf. Seine Handflächen waren feucht. Er hatte Sir Hugo immer gefürchtet, jetzt hasste er ihn - hasste ihn, weil er so ruhig und kühl blieb, während er, Fruity, einer Panik nahe war.

Wie Sergeant Lister vorausgesehen hatte, nahm sich Fruity zwei Minuten, nachdem er Winslow Court verlassen hatte, ein Taxi, ohne dass ein zweites zu sehen gewesen wäre. Die Fahrt zur Mount Street ging zu dieser Nachtzeit schnell vor sich. Fruity betrat Wyvern Lodge, wo Sir Hugo und Bruce Aldrich auf ihn warteten.

Sir Hugo schloss die Tür, als der Colonel zögerte.

»Was ist los mit Ihnen, Fruity?«, fragte er. »Können Sie sich denn überhaupt nicht beherrschen? Wenn auch nur die geringste Kleinigkeit passiert, rennen Sie sofort zum Telefon und gefährden uns alle. Wissen Sie denn nicht, dass man Telefone abhören kann?«

»Tut mir leid«, sagte Petherton-Charters. »Ich hatte vergessen...«

»Hören Sie zu, Fruity«, sagte Sir Hugo. »Wenn durch Ihre Schuld auch nur der leiseste Verdacht auf uns fällt, sind Sie erledigt. Sie auch, Bruce! Mich erwischt die Polizei nie. Ich rühre aber keinen Finger für euch, wenn ihr in Verdacht kommt.«

»Was wollen Sie denn von mir?«, beschwerte sich Aldrich.

»Dieser Cromwell«, stammelte der Colonel. »Er ist verdammt schlau, Vaizey. Mir gefällt nicht, wie sich die Dinge entwickeln. Cromwell...«

»Machen Sie sich nicht lächerlich!« herrschte ihn Vaizey an. »Glauben Sie, ich wüsste nicht, dass Cromwell den Fall übernommen hat? Traviston wurde ja vor seiner Haustür erschossen.«

»Ich weiß - er hat es mir gesagt«, bestätigte Fruity. »Was hat das zu bedeuten, Vaizey? Warum fuhr Traviston zu Cromwell?«

»Das weiß ich noch nicht«, gab Vaizey zu. »Unser Fehler lag natürlich darin, dass wir Traviston zu viel Spielraum gelassen haben. Er hätte schon vor Wochen beseitigt werden müssen, bevor er sich schriftlich festlegte und das Dokument versteckte. Wir hätten Traviston ohne Aufsehen beiseiteschaffen können - ja, vielleicht wären wir sogar auf andere Weise mit ihm fertiggeworden. Ich habe nichts für Gewalt übrig, aber wir waren gezwungen...«

»Sie verstehen mich nicht«, sagte der Colonel. »Begreifen Sie denn nicht, was los ist? Cromwell war vor einer halben Stunde bei mir. Er stellte mir Fragen...«

»Unangenehm«, sagte Sir Hugo. »Und Sie haben sich natürlich wie ein verängstigtes Kind aufgeführt?«

»Moment mal«, protestierte Fruity. »Von mir hat Cromwell
nichts erfahren. Soll ich Ihnen erzählen, was er für Neuigkeiten wusste? Er schien sich fast zu amüsieren. Passen Sie auf, Vaizey, vielleicht fühlen Sie sich dann nicht mehr ganz so sicher. Freddie lebt noch!«

Sir Hugo Vaizey erstarrte, Bruce Aldrich wurde aschfahl.

»Freddie lebt noch? Das ist ärgerlich.«

»Sind Sie denn kein Mensch, Vaizey?«, schrie Fruity. »Freddie lebt, sage ich Ihnen! Sie haben ihn zu einem Chirurgen gebracht, zu McCrae. Man entfernte das Geschoss...«

»Aber bei Bewusstsein ist er noch nicht?«

»Natürlich nicht. Es wird mindestens eine Woche dauern.«

»Ausgezeichnet!«

»Wie bitte...?«

»Das läuft ja ganz nach Wunsch.« Sir Hugo ging zu seinem Schreibtisch, setzte sich und griff nach seiner Zigarre. »Gute Nachrichten, Fruity!«

»Gu-gute Nachrichten!«, stöhnte Petherton-Charters.

»Wenn Sie ausgeschlafen sind, wenn Sie diesen Anfall von Panik überwunden haben, wird Ihnen aufgehen, dass niemals Grund zur Besorgnis bestanden hat«, fuhr Vaizey fort und zündete seine Zigarre an. »Ist Ihnen entfallen, dass Freddie der einzige ist, der weiß, was sich hinter dem *alten Blecheimer* verbirgt?«

»Ja, aber was nützt uns das?«, fragte Bruce Aldrich. »Der junge Mann liegt in einer Klinik, umgeben von Pflegern. Wahrscheinlich wartet ein Beamter von Scotland Yard schon darauf, ihm Fragen zu stellen, wenn er aus der Bewusstlosigkeit erwacht.«

»Na und?«

»Na und!«, rief Aldrich. »Freddie wird ausgequetscht...«

»Und was kann er schon verraten?«, fragte Sir Hugo. Er lehnte sich zurück. »Selbst wenn er zusammenhängend sprechen kann, vermag er nur zu wiederholen, was er aus dem Lautsprecher des Diktiergeräts gehört hat - eine Nachricht, die Sie auch gehört haben, Fruity. So bedeutsam war sie aber gar nicht. Freddie erfuhr dadurch nur, dass sein Vater Freddies Freund Lister aufsuchen wollte und dass Freddie, wenn Traviston bis zum Morgen nicht zurück sei, den Safe öffnen und den dort aufbewahrten Brief lesen solle. Freddie kann der Polizei vielleicht auch eine Beschreibung von Mason und Streeter geben - keine sehr genaue, würde ich meinen, denn er hat sie bestimmt nicht in aller Ruhe betrachten können.«

Petherton-Charters und Aldrich atmeten auf. Sir Hugos Gelassenheit übte eine größere Wirkung auf sie aus als seine Worte.

»Schlimmstenfalls kann Freddie die Polizei auf die Spur der eigentlichen Täter bringen«, erklärte Sir Hugo. »Eine Woche ist eine lange Zeit. Mason und Streeter können bis dahin das Land längst verlassen haben. Im Augenblick stehen sie nicht unter Verdacht. Ich schicke sie auch gar nicht fort, weil ich sie noch brauche. Uns kann die Polizei überhaupt nichts nachweisen. Das müssen Sie sich immer wieder einprägen.«

»Das beruhigt mich, Vaizey«, sagte Aldrich und wischte sich mit dem Taschentuch die Stirn. »Aber was ist mit dem geheimen Versteck? Das ist unser größtes Problem.«

»Das glaube ich nicht. Sie haben vergessen, dass Freddie den Brief seines Vaters nicht in die Hände bekam.«

»Ach ja, richtig!«

»Der junge Mann wird viel zu schwach sein, um an den *alten Blecheimer* zu denken, selbst wenn er sich erholt. Wir können seiner ohne jede Schwierigkeit habhaft werden. Für unsere Pläne stehen uns mehrere Tage zur Verfügung.«

»Habhaft werden?«, fragte Fruity verblüfft.

»Gewiss.«

»Sie meinen doch nicht, dass wir ihn entführen sollen?«

»Das können Sie nennen, wie Sie wollen«, erwiderte Sir Hugo ungeduldig. »Wir sind nie ganz in Sicherheit, bis wir von Freddie erfahren haben, was es mit dem *alten Blecheimer* auf sich hat. Es dürfte nicht ratsam sein, ihm Gelegenheit zu geben, dass er mit anderen spricht. Um ganz sicherzugehen, müssen wir ihn herausholen, bevor er sich mit anderen Leuten unterhalten kann. Es besteht immer die Möglichkeit, dass ihm der *alte Blecheimer* einfällt und er die Polizei bittet, ihn zu untersuchen.«

»Aber Sie haben doch eben gesagt, Freddie habe den Brief nicht gelesen...«

»Das weiß ich. Eine Gefahr halte ich auch gar nicht für gegeben«, meinte Sir Hugo. »Aber wir müssen auf alles vorbereitet sein. Sobald Freddie zu sich kommt und begreift, dass sein Vater tot ist, besteht die Möglichkeit, dass er an das geheime Versteck denkt, das nur ihnen beiden bekannt war. Da er selbst nicht in der Lage ist, dort nachzusehen, wird er andere Personen damit beauftragen.«

Petherton-Charters geriet wieder ins Schwitzen.

»Zuerst war es Mord, und jetzt kommt noch Kidnapping hinzu«, murmelte er angstvoll. »Das gefällt mir einfach nicht, Vaizey. Wir geraten immer tiefer in die Sache hinein.«

»Gibt es denn keinen anderen Weg?«, fragte Aldrich.

»Doch. Solange Freddie bewusstlos ist, sind wir sicher«, erwiderte Sir Hugo ätzend. »Das gibt uns Zeit, das Land zu verlassen. Von da an werden wir immer auf der Flucht sein, gejagt und gehetzt. Wenn Ihnen das angenehmer erscheint, bitte - ich bin anderer Ansicht. Traviston, die Hauptgefahr, ist bereits ausgeschaltet. Wir brauchen uns nur noch auf den Sohn zu konzentrieren, dann lässt sich auch das bereinigen.«

»Gefällt mir nicht«, sagte Aldrich nervös. »Angenommen, wir holen Freddie aus der Klinik, angenommen, wir finden Travistons Geständnis. Was dann? Wir haben dann immer noch Freddie...«

»Aber nicht lange«, unterbrach ihn Sir Hugo. »Er muss natürlich beseitigt werden, sobald wir im Besitz des belastenden Dokuments sind.«

Sein kaltblütiger Vorschlag rief eine seltsame Wirkung hervor. Aldrich und Fruity wirkten wie betäubt. Der Colonel füllte ein Glas mit Cognac und murmelte, das sei sicher die beste Lösung. Aldrich schlug vor, auch gleich Chefinspektor Cromwell aus dem Weg zu räumen.

»Wenn Ihre Leute Traviston erschießen konnten, warum sollte das bei Cromwell nicht möglich sein?«, fragte er. »Er stellt die größte Gefahr dar.«

»Übertreiben Sie nicht.« Sir Hugo winkte ab. »Begreifen Sie nicht, dass Cromwells Ermordung ganz Scotland Yard auf die Beine bringen würde? Nein. Ich habe mit Cromwell anderes vor.«

Er lehnte sich wieder zurück und lächelte. »Ich glaube, dass ich ihn gut gebrauchen kann. Gleichgültig, was er vermuten mag, Beweise hat er keine.«

»Aber was haben Sie denn für einen Plan?«, fragte Petherton-Charters. »Jetzt tragen Sie aber ein bisschen dich auf, Vaizey.«

Sir Hugo erhob sich.

»Es ist Zeit, dass Sie heimfahren, Fruity«, sagte er. »Sie auch, Bruce. Gute Nacht.«

Er eskortierte seine Besucher zur Tür, schloss sie hinter ihnen und ging durch einen dunklen Korridor zur Rückseite des Hauses. Zu dieser Stunde schlief das ganze Personal.« Sir Hugo öffnete eine kleine Tür.

»Kommen Sie rein, Mason«, sagte er.

Achtes Kapitel

Johnny Listers Geduld war unerschöpflich. Es war ihm nicht schwergefallen, das Taxi des Colonels zu verfolgen. Als der Wagen vor einem Haus in der Mount Street gehalten hatte, war Johnny um die Ecke verschwunden. Er hatte sein Fahrzeug abgestellt und war zu Fuß zurückgekehrt.

Von einem Hauseingang aus konnte er Wyvern Lodge im Auge behalten. Es gab keinen Zweifel daran, dass der Besuch des Colonels in direktem Zusammenhang mit Cromwells Erscheinen in Winslow Court stand. Wyvern Lodge gehörte entweder Bruce Aldrich oder Sir Hugo Vaizey. Wahrscheinlich dem letzteren.

Der Sergeant gähnte. Aufregend waren solche Aufträge nicht gerade. Petherton-Charters würde wohl bald wieder herauskommen, ein Taxi nehmen Und heimfahren.

Zwei Männer kamen um die Ecke. Sie unterhielten sich miteinander. Johnny zog sich tiefer in die Schatten zurück. Die Männer mussten direkt an ihm vorbeikommen, und er wollte nicht gesehen werden.

Als sie an ihm vorbeischlenderten, hörte er folgenden Dialog: »...wirklich gut gemacht, Mike.«

»Und die Vergütung ist auch nicht schlecht. Der Chef ist mit unserer Vorstellung sehr zufrieden...«

Die Stimmen verklangen. Johnny steckte den Kopf um die Ecke. Die Männer waren auf der anderen Seite der Straße in einem dunklen Eingang verschwunden.

Wohl Schauspieler, die beiden, dachte der Sergeant. Sie wohnten vermutlich in einem der umgebauten Stallgebäude. Johnny stutzte plötzlich. Zwei bezahlte Mordspezialisten hatten Lord Traviston in der Victoria Street beseitigt, und Cromwell hegte den Verdacht, dass Travistons Geschäftspartner mit der Sache zu tun hatten. Colonel Petherton-Charters hatte eben Sir Hugo Vaizey oder Bruce Aldrich aufgesucht - und zwei Männer, die von einer hohen Vergütung sprachen, tauchten zur selben Zeit auf.

Zufall? Vielleicht. Johnny Lister war zu erfahren, um sich damit abzufinden. Stattdessen überquerte er mit schnellen Schritten die Straße und starrte in die Pelican Mews. Eine kleine Nebenstraße, schnurgerade, von nur zwei Straßenlaternen erleuchtet. Die beiden Männer konnten das Ende noch nicht erreicht haben, aber sie waren nicht mehr zu sehen.

Sie mussten wohl in einer der Wohnungen sein, dachte Johnny.

Es gab viele Garagen und Wohnungen darüber - alle aus umgebauten Stallungen errichtet. Johnny hob die Schultern. Vermutlich nichts von Bedeutung... Trotzdem mochte es lohnender sein, hier die Augen offenzuhalten, als Petherton-Charters auf dem Heimweg zu folgen. Er stellte mit Interesse fest, dass der von einer Mauer umgebene Garten von Wyvern Lodge an die Gasse angrenzte.

Arthur Mason und Michael Streeter hatten die Tür zu Nr. 4 Pelican Mews aufgesperrt. Die Wohnung bestand aus drei Zimmern mit Bad, Kochnische und eingebautem Kühlschrank. Zu den großen Häusern dahinter gab es offenbar keinen Zugang. Weder Türen noch Fenster führten dort hinaus.

Mr. Mason war, seinen Papieren zufolge, Versicherungsvertreter, Mr. Streeter ein Gentleman mit privatem Einkommen. Sie hatten die Wohnung auf ganz normale

Weise gemietet, hausten dort seit sechs Wochen und hatten einen Mietvertrag über drei Monate unterschrieben...

Die beiden Männer nahmen in dem kleinen, aber bequem eingerichteten Wohnzimmer Platz und griffen nach der Whiskyflasche. Mason blickte auf die Wanduhr.

»Wir haben uns zehn Minuten zu früh eingefunden, Mike«, meinte er. »Und alles ist bestens erledigt. Die Polizei rennt durch ganz London - und wir sitzen hier.«

»Ich möchte auch mal so ruhig sein wie du«, knurrte Streeter. »Ich muss immer an den jungen Burschen im Sportwagen denken. Zum Glück war niemand in der Nähe...«

»Allerdings war das ein Glück, zumal der Wagen genau an die Ladenfront fuhr«, sagte Mason. »Das gab die richtige Ablenkung.«

»Ablenkung oder nicht, wir haben sehr viel riskiert und uns jeden Penny schwer verdient«, meinte Streeter. »Ich bin um Jahre älter geworden, so kommt es mir vor. Ich mache mir auch Sorgen. Wenn der junge Mann nun nicht tot ist? Er hat uns genau gesehen...«

»Jetzt!«, unterbrach ihn Mason, als das Zifferblatt der Wanduhr aufleuchtete. »Der Chef ist pünktlich!«

Er stand auf und ging zu einer Tür mit Sicherheitsschloss. Als er den Schlüssel umdrehte, ging sie auf und gab den Blick auf eine eingebaute Bar frei, komplett mit Fächern voller Flaschen. Mason drehte den Schlüssel noch ein Stück weiter. Ein Knacken in der Wand, wo ein eingebautes Bücherregal stand, und Streeter, der dort Aufstellung genommen hatte, zog das ganze Regal heraus. Dahinter verbarg sich eine Tür.

Mason schloss die Bar, knipste das Licht aus und verließ gemeinsam mit Streeter den Raum. Die Tür fiel hinter ihnen zu. Sie befanden sich im Garten von Wyvern Lodge, dessen hohe Mauern sie vor Einblick schützten. Sie warteten an einer kleinen Tür des Hauses. Nach wenigen Minuten wurde sie geöffnet.

»Kommen Sie rein, Mason.«

Mason und Streeter folgten Sir Hugo in die Bibliothek. Sie lächelten zufrieden - bis ihnen auf fiel, dass Vaizey sie kalt anstarrte.

»Ist etwas passiert, Chef?«, fragte Mason besorgt.

»Das fragen Sie noch?«, zischte Sir Hugo, während er hinter seinem Schreibtisch Platz nahm. »Sie wollen sicher Ihr Geld? Erwarten Sie, dass ich für Fehlschläge bezahle?«

Arthur Masons Gesicht wurde hart.

»Hören Sie mal zu«, sagte er bösartig. »Mike und ich haben eine ganz gefährliche...«

»Sie haben versagt«, erwiderte Sir Hugo. »Lassen Sie mich ausreden. Ich verbiete mir Ihre Frechheiten, Mason. Ich habe Ihnen erklärt, Sie dürften nichts gegen Traviston unternehmen, wenn sich nicht deutlich zeigte, dass er zur Polizei gehen wollte. Ich hätte nie gedacht, dass Sie es für nötig halten würden...«

»Langsam, langsam«, fiel ihm Mason ins Wort. »Traviston blieb vor Cromwells Wohnung stehen. Ich weiß, wo die hohen Herren von Scotland Yard wohnen. Cromwell ist der gefährlichste von allen, ein...«

»Halt! Sie haben richtig gehandelt, was Traviston betrifft«, erklärte Sir Hugo. »Das bestreite ich nicht. Sie konnten sich nicht vorbereiten und haben klug reagiert. Es war sehr tüchtig von Ihnen.«

»Eben, und das Risiko...«

»Unterbrechen Sie mich nicht dauernd!«, sagte Vaizey knapp. »Sie haben im Fall Traviston richtig gehandelt - wie nicht anders zu erwarten. Ich bezahle ja auch gut. Trotzdem ist Ihnen ein schwerer Fehler unterlaufen. Sie haben versagt, als Sie die Waffe auf Travistons Sohn richteten.«

»Sie meinen den jungen Burschen im Sportwagen?«, fragte Mason überrascht. »Was hätten wir denn sonst tun sollen? Er holte uns ein und sah uns. Wir mussten schießen, Chef, sonst wäre unsere Beschreibung sofort überall verbreitet worden.«

»Sie verstehen nicht«, sagte Sir Hugo kalt. »Sie haben eben nicht genau gezielt. Der junge Mann lebt noch.«

Mason zuckte zusammen. Mike Streeter wurde blass und ließ seine Zigarette fallen.

»Er lebt!«, sagten sie wie im Chor.

»Beruhigen Sie sich«, erklärte Sir Hugo. »Der junge Mann kann nicht sprechen. Wenn er dazu wieder in der Lage ist, werde ich der erste sein, der ihm Fragen stellt, und sobald ich erfahren habe, worum es mir geht, müssen Sie die Angelegenheit endgültig erledigen.«

Er berichtete kurz, was sich seit der Schießerei ereignet hatte.

»Sie sehen also, dass der junge Mann bei Sir McCrae ist«, schloss Vaizey. »Das Geschoss ist entfernt worden, und der Arzt meint, sein Patient werde sich erholen. Was ist denn, Streeter?«

»Passen Sie auf, Chef! Wir müssen den Burschen sofort herausholen«, sagte Streeter aufgeregt. »Er kommt erst in einer Woche zu sich, sagen Sie? Dass ich nicht lache! Haben Sie schon von einem Amerikaner namens Trigger

Vansoni gehört? Voriges Jahr hat ihn das FBI erwischt, nach einer längeren Schießerei. Man holte die Kugeln heraus und gab ihm noch zwei Stunden... Zwei Stunden! Nach einem Tag war Trigger wieder wach! Binnen vierundzwanzig Stunden verpfiff er seine ganzen Kameraden. Auf Ärzte darf man gar nichts geben.«

»Ich befasse mich mit dem jungen Hollister. Im Augenblick eilt es gar nicht...«

»Ich sage Ihnen, wir müssen sofort zupacken«, drängte Mike. »Wenn er den Mund aufmacht, sind wir erledigt. Warum können wir nicht gleich hinfahren und ihn abknallen?«

Sir Hugo schüttelte den Kopf.

»Es gibt Gründe«, erwiderte er. »Sehr bedauerlich, dass sich Freddie eingemischt hat. Er besitzt Informationen, die ich dringend benötige. Normalerweise hätte ich ihn ohne Schwierigkeiten fassen können, aber dank Ihrer Dummheit wird das jetzt sehr schwer sein. Es eilt nicht, wie gesagt. Im Augenblick müssen wir uns hauptsächlich auf Cromwell konzentrieren.«

»Cromwell!«, rief Mason. »Warum auf Cromwell?«

»Weil Cromwell den Fall übernommen hat...«

»Ich nicht!«, erklärte Mason eigensinnig. »Er ist sowieso schon gefährlich genug. Mike und ich müssen untertauchen. Glauben Sie, wir riskieren Kopf und Kragen? Nein, vielen Dank.«

»Sie befolgen entweder meine Befehle, oder Scotland Yard erhält Informationen über die Identität der Mörder Lord Travistons«, sagte Sir Hugo. »Ich dulde keinen Widerspruch.«

»Aber - verdammt noch mal!«, platzte Mason heraus. »Sie wissen ja nicht, was Sie da verlangen...«

»Ich weiß es sehr wohl. Wenn Sie dieses Haus verlassen, setzen Sie sich mit einigen Ihrer Kollegen in Verbindung. Wer das ist, soll mir gleichgültig sein, solange für Zuverlässigkeit gesorgt ist. Ich verlasse mich dabei auf Sie, Mason. Vier Mann müssen schichtweise arbeiten. Sie sollen die Telefonleitung zu Cromwells Wohnung erkunden und anzapfen.«

»Was soll das nützen, Chef?«, fragte Mason. »Cromwell ist die meiste Zeit im Yard. Wenn Sie sein Diensttelefon anzapfen könnten, wäre das noch sinnvoll, aber ich begreife nicht...«

»Ich bezahle Sie dafür, dass Sie meine Anweisungen ausführen, nicht für Ihre Ansichten«, unterbrach ihn Sir Hugo. »Zugegeben, es wäre besser, wenn wir Cromwells Dienstapparat überwachen könnten, aber das ist völlig ausgeschlossen. Wir können jedoch sein Privattelefon anzapfen, und das wird auch zu Resultaten führen. Cromwell wohnt mit Sergeant Lister zusammen, und Lister ist ein Freund des jungen Hollister. Sehr wahrscheinlich werden die Berichte über Hollisters Zustand direkt durchtelefoniert - und deshalb erscheint mir das Privattelefon von größter Wichtigkeit.«

»Tut mir leid, Chef«, brummte Mason. »Ich wusste nicht...«

»Ihre Leute wechseln sich ab und überwachen Tag und Nacht sämtliche Gespräche. Sie werden für Sie arbeiten, Mason. Verstehen Sie?«

»Sie wollen also gar nicht in Erscheinung treten?«, meinte Mason grinsend. »Schon verstanden.«

»Na, ich weiß nicht recht«, sagte Sir Hugo. »Manchmal glaube ich, Sie und Streeter sind der Meinung, ich sei genauso tief in diese Dinge verwickelt wie Sie. Auf diese Illusion würde ich verzichten. Ich begebe mich nie in eine Lage, in der man mich erpressen könnte. Meine Sicherungen sind zuverlässig genug. Wenn man Sie heute verhaften würde und mich zu belasten versuchte, könnte ich euch auslachen. Glauben Sie mir, Mason, ich habe an alles gedacht.«

»Ich behaupte ja nicht das Gegenteil, Chef«, knurrte Mason. »Mir gefällt nur nicht, wie Sie sich ausdrücken. Schöne Idee, von Erpressung zu reden...«

»Nicht wahr?«, sagte Vaizey mit schiefem Lächeln. »Gut, Mason. Sie können gehen. Ich zahle diesmal nicht den vollen Betrag...«

»Aber Sie haben doch versprochen...«

»Ich habe versprochen, pro Mann tausend Pfund zu bezahlen, aber Sie bekommen heute nur die Hälfte«, sagte Sir Hugo. Er zog eine Schublade heraus und entnahm ihr zwei Bündel Banknoten. »Den Rest erhalten Sie, sobald die Angelegenheit zu meiner Zufriedenheit erledigt ist. Das wäre alles.«

Arthur Mason wollte etwas sagen, überlegte es sich aber anders. Vaizeys Gesichtsausdruck verriet ihm, dass er sich seine Worte sparen konnte. Er nahm das Geld, nickte Streeter zu und ließ sich von Sir Hugo zur Hintertür begleiten. Eine Minute später standen sie im Freien und gingen zu ihrer Wohnung zurück.

»Der Teufel soll ihn holen!«, fauchte Mason.

»Es hat gar keinen Sinn, sich aufzuregen«, beschwichtigte ihn Streeter. »Der Chef macht sich Sorgen...«

»Na und ich?«, knurrte ihn Mason an. »Wir haben gemacht, was er wollte, oder nicht? Und was bekommen wir? Tausend statt zweitausend. Vaizey macht einen Fehler.«

Sie betraten ihre Wohnung. Mason füllte zwei große Gläser mit Whisky.

»Mir passt das gar nicht, wie sich die Dinge entwickeln, Arthur«, meinte Streeter. »Dass der junge Mann noch lebt... Meinst du nicht, wir sollten den Rest abschreiben und verduften?«

»Und tausend Pfund sausen lassen?«, gab Mason zurück.

»Seit wir für Vaizey arbeiten, geht es uns doch gut, Mike. Regelmäßiges Einkommen - und gutes Geld dazu -, außerdem große Prämien, wenn etwas Besonderes vorliegt, wie heute Abend. Abgesehen davon - was wird er tun, wenn wir verschwinden? Er hetzt uns die Polizei auf den Hals, bevor wir in der nächsten Grafschaft sind. Gegen ihn kommen wir doch nicht auf. Er ist zu schlau für uns.« Er trank nachdenklich einen Schluck Whisky. »Manchmal, wenn er mich so komisch ansieht, wird mir ganz kalt. Sich mit dem anzulegen, ist gefährlich, Mike.«

Wenig später verließen sie die Wohnung. Mason schlenderte die Gasse entlang, während Streeter den Wagen herausholte. Das war Masons eigenes Fahrzeug, ordnungsgemäß auf seinen Namen zugelassen. Mason erreichte lautlos die Ecke und starrte in die Mount Street. Seine scharfen Augen entdeckten in einem dunklen Hauseingang eine Bewegung. Er erschrak nicht. Ein Polizist, der auf dem Streifengang heimlich rauchte. Mason verstand sich mit den Polizeibeamten des zuständigen Reviers recht gut.

Zu dieser Nachtzeit war es ganz still; der Nebel hing immer noch in Schwaden über dem Boden.

Streeter kam mit dem Wagen herangefahren, und als er anhielt, um Mason einsteigen zu lassen, blendete er auf. Die Scheinwerfer stachen grell in die Dunkelheit und beleuchteten die Gestalt im Hauseingang.

»Menschenskind!«, flüsterte Mason. »Das Gesicht habe ich doch schon gesehen... Natürlich! Das ist Lister. Cromwells Assistent!«

»Führst du Selbstgespräche?«, fragte Streeter.

»Abblenden!«, zischte Mason.

Er verlor keine Zeit. Mit wenigen Sprüngen war er über der Straße und schlug zu. Johnny hatte keine Chance. Streeter ließ im selben Augenblick die Scheinwerfer löschen, so dass Johnny den Angreifer nicht einmal sehen konnte. Er war von den grellen Lichtstrahlen immer noch geblendet.

Etwas Hartes krachte auf seinen Schädel, er sackte an der Wand zusammen und stürzte nach vorn. Mason fing ihn auf.

Streeter war kaum zu Atem gekommen, bevor eine schlaffe Gestalt auf den Sitz neben ihm geschoben wurde und die Wagentür zufiel.

»Fahr los, Mike«, sagte Mason.

Mike trat auf das Gaspedal.

»Wer ist denn das, Arthur?«, fragte er verwundert.

»Hast du schon mal von Sergeant Lister gehört?«, fragte Mason. »Der Chef hat vorhin von ihm gesprochen. Hier ist er! Er hat uns nachspioniert!«

»Um Gottes willen!«, entfuhr es Streeter.

»Fahr zu einer Brücke - am besten zur Putney Bridge. Über dem Fluss ist es neblig, und um diese Zeit wird kein

Mensch auf der Brücke sein. Wir müssen Lister schnell loswerden.«

»Glaubst du, dass er uns auf der Spur war?«

»Ganz egal, was er herausgefunden hat, einen Bericht wird er nicht mehr abgeben«, erwiderte Mason grimmig. »Er ist erledigt. Hab' ich dir nicht gesagt, dass Cromwell unser größtes Problem ist? Er muss einen bestimmten Verdacht haben, sonst wäre uns Lister nicht nachgeschickt worden.«

»Woher wissen wir denn, dass er uns beobachtet hat?«, fragte Streeter. »Woher wissen wir überhaupt, dass er sich für die Pelican Mews interessierte? Viel eher doch für das Haus vom Chef.«

»Möglich«, gab Mason zu. »Vielleicht war ich ein bisschen voreilig. Trotzdem kann er uns gesehen haben. Wir dürfen kein Risiko eingehen.«

Mason fühlte sich unsicherer, als er zugeben wollte. Der Gedanke, dass er grundlos zugegriffen hatte, ließ ihn nicht los. Jedenfalls hatte er sich festgelegt. Es wäre Selbstmord gewesen, Lister davonkommen zu lassen...

Die Fahrt durch das menschenleere Knightsbridge und die Fulham Road entlang zur Putney Bridge dauerte nicht lange, aber Mason und Streeter erschien sie wie eine Ewigkeit. Mason hätte es vorgezogen, Lister zur Sicherheit eine Kugel durch den Kopf zu jagen, aber er scheute das Risiko. Er begnügte sich damit, Johnny mit dem Kolben der Pistole eins über den Schädel zu geben.

»Das müsste reichen!«, murmelte er.

Mike Streeter hielt auf der Brücke, nachdem er sich vergewissert hatte, dass niemand in der Nähe war.

Sie vergeudeten keine Sekunde.

Gemeinsam hoben sie Lister aus dem Wagen und warfen ihn über die Brüstung. Sie hörten ein Klatschen im Wasser, so dumpf, dass es kaum zu bemerken war. Sie warteten noch ein paar Sekunden, aber vom Fluss drang kein Laut mehr herauf.

»Geh'n wir«, sagte Mason.

Neuntes Kapitel

Grelle Lichter vor den Augen, stechende Kopfschmerzen und ein würgendes Erstickungsgefühl, das waren die ersten Empfindungen Johnny Listers, als er zu sich kam. Er wunderte sich ein wenig über das Brausen in seinen Ohren. Merkwürdig - in der Mount Street war es doch ganz still gewesen...

Aber er befand sich nicht mehr in der Mount Street.

Schlagartig begriff er. Er war auf halbem Weg zum Meeresgrund. Jedenfalls schien es ihm so. Seine Lungen schienen zu bersten. Der Druck des Wassers presste seinen Kopf wie in einen Schraubstock.

Er ruderte blindlings nach oben. Mit überscharfer Genauigkeit sah er Details vor sich. Eine schattenhafte Gestalt, die sich aus der Pelican Mews löste - grelle Scheinwerfer - ein furchtbarer Hieb auf den Schädel. Und jetzt lag er im Fluss. Er spürte, wie die Strömung an ihm sog, wie sie versuchte, ihn immer tiefer hinunterzuziehen.

Das misslang. Johnny war ein kräftiger Schwimmer, und er wehrte sich mit dem Mut der Verzweiflung. Als er schließlich an die Oberfläche gelangte, hatte es ihn schon ziemlich weit von der Brücke abgetrieben. Ein Hustenanfall überfiel ihn. An beiden Ufern sah er Lichter, aber noch kannte er sich nicht aus. Darauf kam es auch noch gar nicht an. Er hatte anderes zu bedenken.

Trottel! Idiot! Stümper!, beschimpfte er sich im Stillen. Nicht einmal den einfachsten Auftrag konnte er ausführen!

Er trug immer noch seine Mütze - die er immer aufhatte, wenn er seinen Sportwagen steuerte und er wusste, dass er sein Leben zwei Faktoren verdankte. Erstens seinem dicken Schädel, der Cromwell oft Anlass zu bissigen Kommentaren gab, und zweitens der Sportmütze aus festem Tweedstoff. Sie sah aus wie jede andere Mütze, war aber, in der Art eines Sturzhelms, mit einer zusätzlichen Polsterung ausgestattet.

Mason und Streeter hatten es sehr eilig gehabt, ihr Opfer loszuwerden, und bei dem zweiten Schlag war Mason durch die Enge des Fahrzeugs behindert gewesen. Kleinigkeiten - aber auch sie hatten Johnny das Leben gerettet.

Ein unnennbarer Zorn stieg in ihm hoch - Zorn auf sich selbst und seine Gegner. Er wusste, dass das Glück eine Riesenrolle gespielt hatte. Für beide Seiten. Reiner Zufall, dass er vom Scheinwerferlicht erfasst worden war. Reiner Zufall, dass er seine Mütze getragen hatte.

Und den Kerl, der auf ihn zugestürzt war, hatte er nicht einmal gesehen. Das ärgerte ihn am meisten. Ein Anfänger hätte sich nicht tollpatschiger benehmen können.

Alle diese Selbstanschuldigungen halfen ihm aber nicht aus dem Wasser. Es gelang ihm nicht, dem Ufer näher zu kommen.

Normalerweise hätte er gegen die Strömung ankämpfen und sich ans Ufer retten können. Er musste sich aber eingestehen, dass er durch die Schläge auf den Kopf geschwächt war. Vor allem kam es darauf an, die Nerven zu behalten. Er ließ sich von der Strömung auf die Wandsworth Bridge zutragen. Inzwischen hatte er sich zurechtgefunden. Er wusste, dass man ihn von der Putney Bridge aus ins Wasser geworfen hatte. Um diese Zeit hielt sich am Fluss niemand auf. Vielleicht weiter unten, nach den Brücken, wo Schiffe und Lastkähne lagen...

Plötzlich sah er ein kleines, funkelndes Licht im Nebel auftauchen. Er glaubte, das Brummen eines Motors zu hören. Mit letzter Anstrengung begann er darauf zuzuschwimmen.

Sein Herz hämmerte vor Erregung. Licht und Motorengeräusch schienen zu einem Boot der Wasserpolizei zu gehören.

»Hilfe!«, schrie Johnny.

Es war eigentlich kein Schrei, eher ein Krächzen. Er biss die Zähne zusammen, senkte den Kopf und konzentrierte sich auf die Schwimmbewegungen. Als er eine Minute später den Kopf wieder hob, war das Boot näher gekommen. Er konnte schon die Umrisse erkennen.

»He, hallo!«, brüllte er mit aller Kraft. »Hilfe! Hilfe!«

Er begann im Wasser um sich zu schlagen. Als er wieder aufsah, bemerkte er zu seiner Erleichterung, dass das Boot den Kurs gewechselt hatte und auf ihn zuhielt. Ein starker Scheinwerfer flammte auf, der Lichtkegel wanderte über das Wasser und erfasste ihn. Kurze Zeit später glitt das Boot heran.

»Ihr seid wohl taub?«, keuchte Johnny, als sich ihm Hände entgegenstreckten, um ihn an Bord zu hieven. »Habt ihr mich denn nicht schreien hören?«

»Keinen Ton«, erwiderte eine Bassstimme. »Wir haben nur gesehen, dass sich im Wasser etwas rührte. Was treiben Sie überhaupt im Fluss?«

Johnny Lister wurde an Bord gezogen.

»Ich wollte mir nur ein bisschen Bewegung verschaffen«, erwiderte er atemlos. »Ich schwimme immer angekleidet und zu dieser Zeit...«

»Wir sind aber noch recht munter«, meinte der Beamte.

»Und ob. Es ist ein Vergnügen, wenn man eins über den Schädel bekommt und in die Themse geworfen wird.«

»Hören Sie mal, junger Mann«, sagte der Polizeibeamte barsch. »Wenn Sie hier Witze... Moment mal! Sind Sie nicht Mr. Lister von Scotland Yard? Ich habe Sie schon mit Chefinspektor Cromwell zusammen gesehen...«

»Ich war Mr. Lister«, ächzte Johnny und betastete seinen Kopf. »Fragen Sie mich nicht, wer ich jetzt bin!«

Genau in diesem Augenblick leuchtete in Sir Hugos Bibliothek ein Lämpchen auf. Er zog die Brauen zusammen, drückte aber nach kurzer Überlegung auf eine Taste. Drei Minuten später ließ er Arthur Mason ein.

»Warum sind Sie zurückgekommen?«, fragte Sir Hugo barsch. »Sie kennen das Risiko. Sie kennen meine Vorschriften.«

»Jawohl, Chef, aber inzwischen ist etwas passiert, das keiner voraussehen konnte«, erwiderte Mason. Er wirkte blass. »Ich musste zurück und Meldung machen. Habe ich Ihnen nicht gesagt, dass Cromwell gefährlich ist? Dass wir uns vorsehen müssen...«

»Würden Sie vielleicht mit dem Geschwätz aufhören und mir erklären, was Sie eigentlich meinen?«

»Gern«, brummte Mason.

Er berichtete kurz von dem Zusammenstoß mit Sergeant Lister. Vaizey hörte mit starrem Gesicht zu, aber seine Augen funkelten.

»Lister hat wahrscheinlich nicht Mike und mich beobachtet, sondern Ihr Haus«, schloss Mason. »Aber wir mussten mit der Möglichkeit rechnen, dass er uns gesehen hat, als wir in die Pelican Mews einbogen. Wir mussten zugreifen. Es hat gut geklappt.«

»Hoffentlich haben Sie recht«, sagte Sir Hugo. »Lister lebte noch, als Sie ihn in den Fluss warfen, und Sie können nicht sicher sein...«

»Er ging unter wie ein Stein, Chef. Vergessen Sie nicht, dass ich ihm zweimal auf den Schädel geklopft habe. Wir mussten ihn wegräumen. Das Risiko, ihn in unserem Wagen...«

»Sie sagen, er sei wie ein Stein untergegangen. Haben Sie gewartet und sich vergewissert?«

»Ja. Sie werden ihn unterhalb der London Bridge irgendwo aus dem Wasser fischen, und keiner erfährt...«

»Sie sind ein Dummkopf, Mason«, unterbrach ihn Sir Hugo ungeduldig. »Solange die Leiche Ihres Opfers gefunden werden kann, ist alles offen. Warum beschäftige ich eigentlich solche Tölpel wie Sie?«

»Aber...«

»Statt den jungen Mann in Ihre Wohnung zu schaffen und mich zu verständigen, so dass wir in der Lage gewesen wären, vernünftig zu planen, geraten Sie in Panik, fahren zu einer der großen Brücken und werfen in ihn den Fluss«, fuhr Sir Hugo mit eisiger Stimme fort. »Sie glauben, Schläue bewiesen zu haben, Mason, dabei haben Sie eine große Dummheit gemacht.«

Trotz der unerfreulichen Nachricht blieb Vaizey ruhig. Die Erkenntnis, dass ihn Chefinspektor Cromwell verdächtigte, störte ihn, aber zu großer Besorgnis sah er keinen Anlass. Cromwells erste Entdeckung war gewesen, dass am Abend drei Männer bei Lord Traviston gespeist hatten, und es bestand die Möglichkeit, dass er Sergeant

Lister nur aus Routinegründen beauftragt hatte, Wyvern Lodge zu beobachten. Aber was würde Cromwell denken, wenn man Listers Leiche aus der Themse zog? Dann konnte aus der Routine Ernst werden. Cromwell besaß zwar keine Beweise, aber sein Verdacht...

Die Schwierigkeiten nahmen zu.

»Mein größter Fehler war, unfähige Leute zu beauftragen«, erklärte Vaizey bitter. »Ich habe Sie angeworben, Mason, weil Sie einen guten Ruf in Angelegenheiten des Aktienschwindels genossen. Man informierte mich auch dahingehend, dass Sie unauffällig unangenehme Mitwisser beseitigen könnten. Das war offensichtlich falsch.«

»Ich weiß nicht, worüber Sie sich beklagen, Chef«, protestierte Mason. »Dazu haben Sie gar keinen Anlass. Lister ist tot. Ich dachte, Sie würden zufrieden sein...«

»Das war schlechte Arbeit«, fuhr ihn Sir Hugo an. »Wo befinden wir uns denn - in New York? Die Themse ist nicht der East River. Sie können nicht Bewusstlose in die Themse stoßen und dann erwarten, die Sache sei erledigt. In New York ist das Meer näher als in London. Verdammt, Mason, Sie haben die Geschichte praktisch an meine Türschwelle getragen. Cromwell ist über die Aktionen seines Gehilfen so weit orientiert, dass er weiß, wo Lister in etwa überfallen worden sein muss. Die Polizei wird also ihre Nachforschungen auf meine Umgebung konzentrieren. Ich bin zwar gesichert, aber ob das auch für Sie gilt, möchte ich bezweifeln.«

»Daran habe ich gar nicht gedacht«, sagte Mason erschrocken. »Mike und ich müssen sofort untertauchen...«

»Oh, nein. Sie machen weiter wie bisher.«

»Aber das Risiko, Chef...«

»Wenn Sie die Nerven behalten, ist das Risiko gering. Sie sagen, dass es keine Zeugen gegeben hat? Gut, wo ist dann die Gefahr? Sie und Streeter gelten als achtbare Leute. Ihr Alibi für den Tod Lord Travistons ist doch in Ordnung?«

»Hundertprozentig.«

»Dann gewinnen wir nichts, wenn wir das Gespräch fortführen«, sagte Sir Hugo. »Es ist wichtiger als je, Cromwells Telefon anzuzapfen. Die andere Sache hat Sie lange genug aufgehalten. Machen Sie sich an die Arbeit.«

Der Arthur Mason, der Wyvern Lodge durch die Hintertür verließ, unterschied sich gewaltig von dem Mann, der erst vor kurzem das Haus betreten hatte. Seine Überheblichkeit war stark gedämpft.

»Wir halten uns also für schlau?«, sagte er verbittert zu Streeter, nachdem er ihm alles erzählt hatte. »Der Chef sagt, wir seien stockdumm, und ich muss ihm fast recht geben.«

»Ich verstehe das nicht«, meinte Streeter. »Lister ist tot...«

»Tot ist er allerdings. Na und?«, fauchte Mason. »Sie ziehen seine Leiche an Land, und dann ist der Teufel los. Wir hätten ihn nicht einfach ins Wasser kippen dürfen.«

Die fragliche Leiche saß in diesem Augenblick in einem Dienstraum der Wasserpolizei am Themseufer und schlürfte heißen Kaffee. Johnny Lister hatte sich dank der guten Pflege weitgehend erholt. Er hatte warme Kleidung bekommen und war fast wieder der alte. Gewiss, sein Kopf schmerzte abscheulich und schien auf das Doppelte des normalen Umfangs angeschwollen zu sein, aber Johnny war zufrieden. Er saß lieber hier, statt im Krankenhaus zu liegen.

»Aber wer war es?«, fragte der diensttuende Sergeant zum dritten- oder vierten Mal. »Sie müssen doch wissen, wer Sie überfallen hat, Mr. Lister?«

»Das ist es ja«, erwiderte Johnny. »Ich weiß es nicht. Ich marschierte so dahin, und auf einmal bekam ich eins über den Schädel. Als ich wieder zu mir kam, kroch ich auf dem Grund der Themse herum.«

»Sie haben also den Kerl nicht gesehen?«

»Nur Sterne, das war alles«, gab Johnny zurück.

»Halten Sie einen Zusammenhang mit der Ermordung Lord Travistons für möglich? Cromwell leitet doch die Ermittlungen.«

Aber Sergeant Lister wich den Fragen geschickt aus. Als er sich verabschiedete, wussten seine Retter nicht mehr als vorher. Johnny wollte erst mit Ironsides sprechen. Er fuhr mit dem Taxi zum West End und stieg Ecke Park Lane und Piccadilly aus. Den Rest des Weges ging er zu Fuß. Der Polizeiwagen stand immer noch dort, wo er ihn abgestellt hatte. Seine Gegner wussten offenbar nichts davon.

Kurze Zeit später betrat er die Wohnung in der Victoria Street durch einen Hintereingang. Johnny, der vorgehabt hatte, sich umzuziehen und dann bei Scotland Yard Bericht zu erstatten, entdeckte mit Verwunderung, dass Ironsides in seinem Lieblingssessel saß und rauchte. Cromwell hob den Kopf, nahm die Pfeife aus dem Mund und starrte Johnny an.

»Was ist denn mit dir los?«, fragte er.

»Wieso? Meinst du die elegante Garderobe?«

»Dein Gesicht«, sagte Cromwell. »Du siehst aus wie achtzig.«

»Wenn man dich zweimal auf den Schädel haut und dann in die Themse wirft, siehst du aus wie hundertfünfzig«, gab Johnny zurück. Er musste sich plötzlich setzen, weil seine Knie zu zittern begannen. »Das kommt davon, wenn man unvorsichtig ist, Old Iron. Strenggenommen, müsste ich eigentlich tot sein.«

Cromwell setzte sich auf. Dass sein Sergeant krank war, ließ sich nicht übersehen. Der Chefinspektor stand auf und untersuchte die Verletzungen.

»Die blöde Mütze hat dich gerettet«, knurrte er. »Ich hab' dich ja oft genug deswegen auf den Arm genommen, Johnny... Hm! Trotzdem, sieht nicht gut aus.«

»Was treibst du eigentlich hier?«, fragte Johnny.

»Ich bin heimgefahren, um in Ruhe nachdenken zu können«, brummte Ironsides und füllte ein Glas halb voll Cognac. »Trink das. Was meinst du - ob ich Dienst habe? Natürlich bin ich im Dienst.« Er schien sich rechtfertigen zu wollen. »Aber jetzt heraus damit. Was ist passiert?«

Er setzte sich auf den Tisch, während Johnny berichtete.

»So, so«, sagte Cromwell schließlich. »Die Kerle sind wirklich gefährlich.«

»Du glaubst, dass Travistons Mörder mich überfallen haben?«, fragte Johnny. »Dafür gibt es keine Beweise, Ironsides. Ich habe sie nicht einmal gesehen.«

»Aber du hast doch gesehen, wie ein Mann aus der Pelican Mews kam, und dann den Wagen...«

»Ich sah eine schattenhafte Gestalt, das war alles, dann drückte ich mich in den Hauseingang«, erwiderte Johnny. »Im nächsten Augenblick flammten die Scheinwerfer auf und blendeten mich. Ich sah zwar noch etwas über die Straße huschen, aber da war es schon zu spät. Es war natürlich dumm von mir, mich gerade dort hinzustellen. Auf die Scheinwerfer bin ich natürlich nicht vorbereitet gewesen...«

»Vorher hast du zwei Männer in die Gasse einbiegen sehen?«

»Ja. Es waren wohl dieselben. Aber wie wollen wir das beweisen? Einer sagte, der Chef sei sehr zufrieden...«

»Der Chef könnte demnach Vaizey sein«, meinte Ironsides mit gerunzelter Stirn. »Na ja, reine Vermutung, das gebe ich zu. Wir können nichts unternehmen, aber uns wenigstens Gedanken machen. Die beiden Männer waren dieselben, die Lord Traviston erschossen haben. Wir werden feststellen, dass sie geachtete Leute sind, die ganz offen in der Pelican Mews leben, ohne irgendetwas befürchten zu müssen. Zwischen ihrer Wohnung und Wyvern Lodge wird es auch keine augenfällige Verbindung geben. Damit sind uns die Hände gebunden.«

Johnnys Gesicht rötete sich.

»Ich verstehe, Old Iron«, sagte er eifrig. »Vaizey ist der geheime Drahtzieher, und Petherton-Charters und Aldrich sind seine Partner... Moment mal, aber dann wäre ja auch Lord Traviston einer der Partner gewesen! Sie trafen sich zum Essen bei ihm und gerieten in Streitigkeiten. Traviston wollte anschließend zu mir. Er wollte etwas ausplaudern. Vaizey reagierte aber schneller. Er schickte seine Spezialisten los...«

»Sehr hübsch«, knurrte Cromwell. »Wenn ich daran nur glauben könnte. Es würde erklären, warum der Mord mit solcher Hast geschah. Eile tat not. Und dieser nervöse

Colonel... Er fuhr nach dem Verbrechen sofort zu Travistons Haus, weil im Safe etwas lag, was Vaizey an sich bringen wollte.«

»Jetzt wird es aber ein bisschen toll, wie?«, meinte Johnny. »Diese vier Männer, der eine ein Lord, der andere ein Sir, alle reich, alle bekannte Geschäftsleute, und die sollen in dunkle Machenschaften verwickelt sein?«

»Das weißt du doch auch, dass man leichter mit großen Verbrechen als mit kleinen durchkommt«, sagte Cromwell. »Der kleine Kriminelle ist als solcher bekannt, aber der große Mann hat alle Vorteile des Reichtums und der Position auf seiner Seite. Hm! Wir scheinen einer ganz großen Sache auf der Spur zu sein.«

»Wir sind aber in einer verteufelten Lage«, meinte Johnny besorgt. »Ich denke an Freddie - er ist immerhin ein Freund von mir. Wenn wir Lord Travistons Mörder fassen, müssen wir Lord Traviston gleichzeitig als Gauner entlarven.«

»Na und? Er ist tot...«

»Aber Freddie nicht«, gab Johnny zurück. »Und was ist mit seiner Mutter? Und mit Miss Faraday? Das wird ein schönes Erwachen für Freddie geben, wenn er erfährt, dass sein toter Vater als Verbrecher gebrandmarkt ist. Vielleicht geht sogar seine Verlobung in die Brüche.«

»Wenn Freddie dem Mädchen nicht mehr bedeutet, ist es sowieso nicht schade darum«, entgegnete Ironsides mürrisch. »Aber ich glaube es nicht. Mir gefällt das Mädchen... Ich glaube, dass sie zu ihm hält. Es wird ihr ganz gleichgültig sein, welchen Charakter Freddies Vater hatte...« Er verstummte plötzlich und hob die Schultern. »Aber was reden wir da eigentlich? Wir tappen doch immer noch im Dunkeln. Wir raten herum.«

Er ging eine Weile hin und her, tief in Gedanken versunken.

»Freddies Leben ist immer noch in Gefahr«, sagte er schließlich. »Colonel Petherton-Charters' Reaktion war aufschlussreich. Wir müssen McCraes Klinik doppelt bewachen. Und du...«

»Ich bin kein Patient, Old Iron«, widersprach Johnny. »Acht Stunden Schlaf, und ich bin wieder ganz auf dem Damm...«

»Ich setze mich mit der Wasserpolizei in Verbindung«, sagte Ironsides. »Sie dürfen keine Berichte an die Zeitungen geben. Du bist verschwunden, Johnny - und du bleibst es.«

Johnny Lister richtete sich auf. »Was?«

»Ja. In den Zeitungen wird nichts von deinem *Tod* stehen. Sie werden überhaupt nichts bringen. Und kein Mensch bekommt dich zu Gesicht.«

»Bist du übergeschnappt?«

»Man muss die Opposition immer verwirren«, meinte Cromwell. »Sie soll sich Sorgen machen, dann begeht sie auch Fehler. Man wird sich fragen, warum deine Leiche nicht gefunden worden ist, man wird sich fragen, warum nichts in den Zeitungen steht, warum ich mich um dein Schicksal nicht zu bekümmern scheine.«

»Und was mache ich inzwischen?«, fragte Lister. »Sperrst du mich in den Schrank oder in den Kohlenkeller?«

»Du machst Urlaub an der Südküste«, erwiderte Ironsides augenzwinkernd. »Du hast Erholung nötig. Was meinst du dazu, Johnny? Warum mietest du dir nicht ein Segelboot? Du kannst doch segeln, nicht wahr?«

Johnny starrte Cromwell scharf an.

»Hör auf«, sagte er. »Was steckt dahinter? Oder willst du mich nur auf den Arm nehmen?«

»Pass auf, Johnny«, sagte Ironsides. »Während du dir alle Mühe gegeben hast, die Themse auszutrinken, bin ich nicht untätig gewesen. Ich habe Nachforschungen angestellt. Petherton-Charters, Junggeselle, wohnt allein in Winslow Court; Bruce Aldrich ist verheiratet und hat ein schönes Haus in Twickenham; Sir Hugo Vaizey scheint dagegen eine geheimnisvolle Gestalt zu sein. Er benützt Wyvern Lodge nur gelegentlich und hält dort wenig Personal. Sein eigentliches Heim ist Easton Old Abbey auf Rock Island, mitten in der Melwater-Bucht an der Südküste.«

»Das hört sich schon besser an«, sagte Johnny.

»Vaizey hat Tausende dafür ausgegeben. In der Umgebung wird nur der Name *Mad Hatter's Rock* gebraucht. Vor einigen Jahren war das eine nackte Felseninsel mit der Ruine der früher sehr berühmten Abtei. Vaizey kaufte die ganze Insel und gab ein Vermögen dafür aus, die Abtei als modernes Heim umzubauen und auf der Insel einen herrlichen Park anzulegen. Er ist praktisch Herr dort und soll Gesellschaften wie ein indischer Nabob geben.«

»Verstehe. Er lädt reiche Leute ein und interessiert sie für seine Finanzpläne. Nicht schlecht.«

»Mad Hatter's Rock ist nicht nur ein Ort für Lichter, Musik und fröhliches Lachen«, fuhr Ironsides fort. »Meistens geht es dort sehr geheimnisvoll zu. Touristen, die zu nahe an die Insel kommen, werden abgewiesen. Jeder, der es wagt, Fuß an Land zu setzen, gerät in Schwierigkeiten...

Ja, Johnny, während du dich erholst, könntest du Rock Island beobachten.«

»Du vermutest, dass die Insel auch für - andere Zwecke benützt wird?«, fragte Johnny. »Alles schön und gut, aber was wird der Chef sagen? Ich kann doch nicht einfach...«

»Der Chef interessiert mich nicht«, brummte Cromwell. »Ich habe den Fall übernommen, und ich mache, was ich für richtig halte. Du fährst gleich morgen früh, und sobald du weg bist, spreche ich mit dem Chef. Ich möchte ganz sichergehen.«

»Eines schönen Tages werfen sie dich noch hinaus«, prophezeite Johnny. »Na gut. Aber die Folgen hast du zu tragen. Warum kann ich mich übrigens nicht verkleiden? Wenn mich jemand erkennt...«

»Verkleidungen sind gefährlich«, meinte Ironsides. »Es müsste etwas ganz Einfaches sein, verstehst du. Pass auf. Wir lassen nur deine Haare färben, verpassen dir dunkle Sonnenbräune und - ja, eine Brille. Übertreib's aber nicht. Gib dich ganz natürlich. Du kannst dir mit Leichtigkeit ein Boot mieten und in der Bucht segeln. Vielleicht kommt nichts dabei heraus, aber wenn Vaizey hinter der ganzen Sache steckt, wird er dich nie direkt vor seiner Nase vermuten.«

»Wann fange ich an?«, fragte Johnny.

Zehntes Kapitel

Bill Cromwell verbrachte fast den ganzen nächsten Tag in Travistons Haus und untersuchte alle Dokumente, die man in dem Safe gefunden hatte. Außerdem überprüfte er die geschäftlichen Angelegenheiten der letzten sieben oder acht Jahre. Lady Traviston wusste von diesen Dingen praktisch nichts. Sie hatte alles Geschäftliche ihrem Mann überlassen und konnte der Polizei nicht helfen.

Mit dem Anwalt des Toten war es genauso. Alles machte den besten Eindruck. Traviston hatte sein Kapital geschickt angelegt, seine Stellung als Direktor bei verschiedenen Gesellschaften war gefestigt gewesen, und im Übrigen hatte er über genügend Mittel verfügt. Er hatte Beziehungen zu einigen Firmen von Vaizeys Gruppe, aber diese waren über jeden Verdacht erhaben.

Cromwell reagierte verwirrt und gereizt. Wenn Traviston mit seinen Partnern Gaunereien verübt hatte, dann so geschickt, dass man sie nicht aufzudecken vermochte.

Sergeant Eckersley vom Schusswaffenlabor rief in Cromwells Wohnung an, kurz nachdem dieser zum Essen heimgefahren war. Es war eine einsame Mahlzeit, denn Johnny Lister hatte am Morgen London in Richtung Melwater verlassen. Er war ganz offen gefahren, denn seine Verkleidung oder besser Maskierung schützte ihn ausreichend. Ironsides hatte ein paar böse Minuten bei seinem Vorgesetzten zu überstehen gehabt, war aber triumphierend davongegangen.

»Ich habe Sie ganz knapp verfehlt, Ironsides«, sagte Eckersley am Telefon. »Wir haben eine Spur. Es handelt sich um die Waffe. Beide Geschosse Kaliber 45, Stahlmantel. An der Basis der Buchstabe *U*.«

»Also von Remington U.M.C., Bridgeport?«

»Richtig. Sie wissen ja sowieso Bescheid. Die Züge haben Rechtswindung.«

»Ein Colt-Revolver kommt also ebenso wenig in Frage wie die Pistole Modell 1911«, sagte Cromwell. »Bei denen haben die Züge Linkswendung.«

»Genau«, bestätigte Eckersley. »Die Geschosse können nur aus einer Grant-Hammond-Pistole stammen. Wir sind schon auf der Suche in ganz London. Zweiunddreißig Verdächtige, aber bisher kein Glück.«

»Was gebe ich mich mit diesem Fall überhaupt ab?«, fragte Cromwell mürrisch.

»Sie haben sich in Travistons Haus umgesehen, nicht wahr? Überall können Sie ja nicht sein. Der Chef meint, Traviston sei einer Verwechslung zum Opfer gefallen...«

»Ja, ich weiß. Ich habe heute Morgen mit ihm gesprochen«, erwiderte Cromwell. »Er hält mich für verrückt. Ich habe ihm eine völlig logische Theorie vorgetragen, aber es war nichts zu machen.«

»Wir haben davon gehört«, sagte der Sergeant lachend. »Er lässt Ihnen aber freie Hand, nicht wahr? Was bleibt ihm schon anderes übrig? Wie sieht denn Ihre Theorie aus?«

»Ich glaube, dass Lord Traviston der geheimnisvolle Kopf der *Schrecklichen Sechs* war und beseitigt wurde, weil er sich weigerte, der ausländischen Gräfin Strychnin in den Tee zu tun«, erwiderte Cromwell prompt. »Ich befasse mich gerade mit der Gräfin.«

»Na, dann viel Vergnügen!«, prustete Eckersley.

Ironsides legte naserümpfend auf. Diese Mitteilung war nicht verblüffend, aber interessant. Ironsides wusste, dass es in Scotland Yard Meinungsverschiedenheiten gab und dass man verschiedene Wege beschritt. Er hatte seine eigenen Ideen und gedachte sie auszuführen.

Am frühen Abend suchte jemand Wyvern Lodge auf. Colonel Petherton-Charters, im eleganten Smoking, wurde zu Sir Hugo Vaizey in die Bibliothek geführt. Sir Hugo wirkte nicht ganz so gelassen wie sonst.

»Ich wollte schnell mal vorbeischauen«, erklärte der Colonel, nachdem er Platz genommen hatte. »Sie machen keinen sehr munteren Eindruck, Vaizey. Ich dachte, alles sei in Ordnung? Ich meine, die Polizei hat mich heute den ganzen Tag nicht belästigt. Komisch. Ich habe mit größeren Schwierigkeiten gerechnet.«

»Haben Sie meinem Vorschlag gemäß Lady Traviston Ihr Beileid bekundet?«

»Gewiss. Heute Nachmittag. Sie behandelte mich wie einen Bruder, Vaizey. Meine Befürchtungen waren grundlos. Wir sind absolut sicher. Ich mache mir keinerlei Sorgen mehr.«

»Nein? Das würde ich aber tun«, sagte Sir Hugo gereizt. »Hören Sie zu, mein lieber Fruity. Der ganze Tag ist vergangen, aber von Listers Leiche hört man kein Wort. Cromwell scheint sich nicht die geringsten Gedanken zu machen.«

»Listers L-Leiche?«, stammelte der Colonel.

»Wussten Sie das nicht?«, fragte Sir Hugo. »Unser guter Mason hat gestern Nacht Sergeant Lister überfallen, niedergeschlagen und in den Fluss geworfen. Das war dumm und plump von ihm.«

Der Colonel erschrak. Sein Gesicht wurde aschfahl.

»Aber - na, hören Sie mal! Warum haben Sie mir das nicht früher gesagt? Ich meine...«

»Untertags sollten Sie wenigstens halbwegs einem Mann gleichen«, erwiderte Sir Hugo scharf. »Machen Sie kein solches Gesicht, Fruity. Es ist natürlich ärgerlich, aber es gibt auch Gutes zu melden.«

»So? Wirklich?« Die Stimme des Colonels überschlug sich. »Müssen wir uns denn wirklich mit diesen Gangstern abgeben? Sie bringen uns doch nur in Gefahr...«

»Keine Sorge«, sagte Sir Hugo. »Die Polizei kann uns keine Beziehungen zu diesen Männern nachweisen. Glauben Sie, ich würde Vorbestrafte beauftragen? Mason und Streeter sind allem Anschein nach respektable Leute. Es gibt keinen Grund, warum sie in Verdacht geraten sollten. Aber Sie müssen begreifen, Fruity, dass wir die Sache auch zu Ende führen müssen.«

»Scheußlich«, murrte der Colonel. »Ich dachte immer, unser System sei narrensicher...«

»Ist es auch - oder war es vielmehr, bis Traviston den Kopf verlor, uns alle mit hineinzog und ein schriftliches Geständnis ablegte«, sagte Sir Hugo bitter. »Ich sage nicht, dass ich das Geständnis nicht widerlegen könnte, wenn es der Polizei in die Hände geriete, aber wir sparen uns allerhand Ärger, wenn wir das Schriftstück für uns behalten. Sie werden sich freuen, wenn Sie hören, dass wir Cromwells Telefonleitung erfolgreich angezapft haben«, fuhr er fort. »Das wurde heute in den frühen Morgenstunden erledigt. Untertags hat ein Mann alle Gespräche abgehört. Scotland Yard sucht nach einer Grant-Hammond- Pistole.«

»Wirklich?«

»Man glaubt, die Schüsse seien aus einer solchen Pistole abgegeben worden.«

»Stimmt denn das nicht?«

»Natürlich nicht. Mason benützte eine New-Thomsson-Pistole. Scotland Yard durchkämmt London also nach der falschen Waffe. Die Situation entbehrt nicht der Komik.«

Petherton-Charters zeigte sich nicht belustigt.

»Richtig«, sagte er nach einer Weile. »Sehr gut. Sehr erleichternd, zu hören, dass die Polizei auf der falschen Fährte ist. Aber wie ist das denn mit dem Assistenten Cromwells? Und mit Cromwell selbst? Ist er auch auf der falschen Spur?«

»Cromwell ist enorm vorsichtig und erfahren - er legt sich am Telefon nicht fest«, erwiderte Sir Hugo stirnrunzelnd. »Meiner Meinung nach hat sich Cromwell seinen Ruf durch unorthodoxe Methoden erworben, obwohl er bestimmt nicht schlauer ist als seine Kollegen. Aber Sie wollten über Lister Bescheid wissen?«

Er schilderte die Einzelheiten...

»Mason handelte voreilig, aber großer Schaden ist dadurch nicht entstanden«, fügte er hinzu. »Ich kann nur nicht begreifen, warum die Presse nichts darüber meldet. Listers Leiche ist offensichtlich noch nicht aufgetaucht, und das erklärt auch, warum Cromwell sich nicht nach dem Verbleib seines Gehilfen erkundigt hat. Ich finde es trotzdem merkwürdig, dass Lister nicht aus dem Fluss gefischt wurde.«

»Ich weiß nicht«, sagte der Colonel. »Bei der Themse muss man mit allem rechnen. Ich habe gehört, dass es oft sehr lange dauert, bis Ertrunkene angeschwemmt werden. Manchmal Wochen. Vielleicht hat sich die Leiche an irgendeinem Pfeiler verfangen.«

»Möglich«, meinte Sir Hugo. »Wir beobachten jedenfalls McCracs Klinik in der Wimpole Street mit Argusaugen«, wechselte er das Thema. »Wie ich höre, ist McCraes Krankenwagen heute oft eingesetzt worden. Dreimal wurden Patienten hin- und hertransportiert. McCrae betreibt nämlich auch in Hampstead Heath eine Klinik.«

»Na und? Jedenfalls ist Freddie sicher nicht transportfähig. Seit das Geschoss entfernt wurde, sind ja noch keine vierundzwanzig Stunden vergangen.«

»Richtig. Ich gewinne aber immer mehr die Überzeugung, dass wir unsere Pläne, den jungen Mann zu kidnappen, forcieren müssen.«

»Na, hören Sie! Kidnappen! Das ist ein scheußliches Wort.«

»Zimperlich, wie?«, sagte Sir Hugo lachend. »Ich spreche lieber offen, Fruity. Wir sind allein, und es wäre unsinnig, um den Brei herumzureden. Traviston wurde erschossen, weil er dabei war, uns alle zu ruinieren. Freddie muss entführt werden, damit wir das schriftliche Geständnis seines Vaters in die Hände bekommen. So einfach ist das. Es tut mir leid, wenn Ihnen das nicht gefällt.«

»Schon gut. Deswegen brauchen Sie mich nicht anzufahren«, sagte Fruity. »Wo ist eigentlich Bruce? Ich habe ihn den ganzen Tag nicht gesehen.«

»Aldrich sucht heute Abend die trauernde Witwe auf«, gab Sir Hugo zurück. »Außerdem ist er zum Essen im

Monico verabredet, wo er den Vorsitz beim jährlichen Dinner der Biltmar-Hoyt-Gesellschaft führt. Wir dürfen unsere gesellschaftlichen Verpflichtungen nicht vernachlässigen, Fruity.«

»Mir lässt dieser Cromwell einfach keine Ruhe«, gestand der Colonel. »Sie haben ihn nicht kennengelernt, nicht wahr? Er ist verschlagen, sehr verschlagen. Sie machen einen großen Fehler, wenn Sie ihn unterschätzen.«

Sir Hugo lachte.

»Cromwells Erfolge sind zustande gekommen, weil er mit Leuten Ihres Schlages zu tun hatte«, sagte er verächtlich. »Der Narr weiß ja nicht einmal, dass sein Telefon abgehört wird! Falls sich etwas Unvorhergesehenes ergibt und das telefonisch durchgegeben wird, erfahre ich sofort davon.«

Er prahlte nicht. Die Leitung war mit großem Geschick angezapft worden. Zwei fähige Elektriker hatten in aller Frühe die Leitung ausgemacht und auf dem Dach eines Bürogebäudes Hilfsleitungen in einen Wasserturm verlegt, der das Haus überragte.

Der Turm war fast ganz von einer großen Zisterne ausgefüllt, und solange die Wasserversorgung funktionierte, ließ sich kein Mensch dort blicken. Die beiden Männer, die dort die Telefongespräche abhörten und aufzeichneten, hatten also keine Störung zu befürchten. Am Boden des Turms, neben dem großen Tank, war gerade Platz für sie.

Sie wussten nicht, für wen sie in Wirklichkeit arbeiteten, aber die Tatsache, dass es Cromwells Gespräche waren, die sie abhörten, verschaffte ihnen einen zusätzlichen Genuss.

»Wen wird Mason wohl als Ablösung beschaffen, Spud?«, fragte der eine und drückte sich den Kopfhörer fester auf die Ohren. »Ist fast schon Mitternacht, was? Cromwell wird sicher schon zu Hause sein. Lohnend ist der Job ja nicht gerade. Seit Stunden kein Gespräch.«

»Ist erst elf vorbei«, erwiderte Spud Freeman.

»Mensch, bin ich froh, wenn ich wieder in Camberwell bin. Meine Alte wird mich wieder ausfragen wollen.«

»Dass du den Mund hältst!«

»Klar! Ist denn deine Alte nicht neugierig?«

»Meine Alte sitzt seit fünf Monaten in Holloway«, erwiderte Skinny Logan zufrieden. »Ich hätte ihr aber nie etwas verraten. Wenn sie neugierig wird, bekommt sie eins aufs Dach... Halt mal! Sei still, Spud! Da kommt ein Gespräch.«

Er presste die Hände auf den Kopfhörer und griff nach dem Bleistift, während Spud eine Taschenlampe anknipste.

»Hier Cromwell«, tönte Ironsides Stimme, so deutlich, dass auch Freeman sie hören konnte.

»Gut! Ich hoffte, Sie zu Hause zu erreichen, Chefinspektor. Hier ist McCrae. Etwas Unerwartetes ist eingetreten, Cromwell.«

»Hoffentlich muss ich nicht noch einmal in die Nacht hinaus.«

»Das hängt von Ihnen ab. Bei Hollister zeigen sich Anzeichen des wiederkehrenden Bewusstseins...«

»Was?«, entfuhr es Cromwell. »Schon? Ich dachte...«

»Ich auch - ich auch«, erwiderte Sir Alistair. »Ich war überzeugt davon, dass er frühestens in fünf Tagen zu sich kommt. Das beweist nur, dass wir Spezialisten auch nicht alles wissen. Meistens müssen wir raten.«

»Vielleicht geht es Ihnen jetzt genauso.«

»Oh, nein! Die Anzeichen sind eindeutig. Ich wage ohne weiteres zu behaupten, dass Hollister vor morgen früh ganz bei sich sein wird. Das wollte ich Ihnen lieber noch sagen, bevor Sie zu Bett gehen, falls Sie noch herkommen wollen.«

»Danke«, sagte Ironsides. »Gut, Sir. Ich komme, sobald ich einen Bissen gegessen habe. Haben Sie sich mit Miss Faraday in Verbindung gesetzt?«

»Ja. Sie ist unterwegs.«

»Schön. Erwarten Sie mich in einer halben Stunde.«

Einen Augenblick später legte er auf. Skinny Logan, der jedes Wort mitgeschrieben hatte, riss den Kopfhörer herunter.

»Da haben wir's, Spud«, sagte er heiser. »Alle Nachrichten über diesen Hollister müssen sofort zu Mason geschafft werden. Setz den Kopfhörer auf und mach weiter, bis ich zurückkomme.«

Elftes Kapitel

Als Chefinspektor Cromwell Sir Alistairs Haus erreichte, fand er Hazel Faraday schon vor. Sie unterhielt sich mit dem Chirurgen. Ihr Gesicht war gerötet, als sie sich umdrehte, um Cromwell zu begrüßen. Er drückte ihr fest die Hand.

»Kein Grund zur Besorgnis, Miss.«

»Das habe ich ihr auch gerade erzählt«, sagte Sir McCrae. »Wahrscheinlich wird die Nacht ohne besondere Vorfälle vergehen.«

»Sir Alistair hat mir geraten, zu Bett zu gehen, Mr. Cromwell«, sagte das Mädchen. »Ich kann hier schlafen, aber ich dachte...«

»Sie wollen die ganze Nacht aufbleiben, wie?«, meinte Ironsides kopfschüttelnd. »Da machen Sie sich nur noch nervöser, als Sie schon sind. Legen Sie sich ruhig hin.«

»Zwei gegen einen, da muss ich wohl nachgeben«, meinte Hazel mit schwachem Lächeln.

Bill Cromwell hatte von Anfang an erklärt, es sei unbedingt nötig, dass Hazel oder Lady Traviston in der Nähe blieben, damit sie sofort ans Krankenbett eilen konnten, sobald Freddie das Bewusstsein wiedererlangte. Als erstes musste er ein vertrautes Gesicht sehen. Sir Alistair hatte aber der Mutter diese Aufgabe nicht zumuten wollen.

»Wie geht es Freddie jetzt?«, fragte Hazel.

»Die Nachtschwester sagte, er sei ruhig«, erwiderte McCrae. »Offen gestanden wundere ich mich über die Widerstandskraft des Patienten. Er hat die Operation ausgezeichnet überstanden, und sein Herz schlägt kräftig.«

Hazel ging auf ihr Zimmer, und Cromwell begleitete Sir Alistair ins Krankenzimmer. Dort brannte nur ein kleines Lämpchen. Die Gestalt auf dem Bett regte sich nicht. Eine Nachtschwester hielt Wache.

»Ich sehe ihn mir nur schnell an«, murmelte Cromwell.

Er trat ans Bett und beugte sich über den Schlafenden.

»Sie brauchen nicht zu bleiben, Sir«, sagte er, als er zurückkam. »Ruhen Sie sich aus. Die Schwester kann Sie ja notfalls erreichen, nicht wahr?«

»Ja, sie braucht nur in meinem Zimmer zu läuten.«

»Gut! Es kann Stunden dauern, bis sich etwas tut, und Sie haben Ihren Schlaf nötig. Machen Sie sich keine Sorgen um mich. Ich bin das gewöhnt. Zum Schlafen komme ich nur im Urlaub.«

Sir Alistair ließ sich überzeugen und verließ das Zimmer. Ironsides setzte sich auf einen Stuhl ans Krankenbett...

Etwa um die gleiche Zeit lauschte Sir Hugo Vaizey in seiner Bibliothek Masons Bericht. Zum ersten Mal zeigte sich Vaizey aufgewühlt.

»Mein Gott! Diese Ärzte!« Er schlug mit der Faust auf den Tisch. »Diese Spezialisten! Sie wissen überhaupt nichts! Zuerst heißt es, dass Hollister frühestens in einer Woche das Bewusstsein wiedererlangt - und jetzt, nach achtundvierzig Stunden, fängt er schon an, zu sich zu kommen. Sie wissen, was das bedeutet, Mason?«

»Ich, Chef?«, stammelte Mason.

»Es bedeutet, dass wir handeln müssen. Nicht morgen - nicht übermorgen - sondern heute Nacht noch.«

»Ich weiß nicht, wie das möglich sein soll«, wandte Mason erstaunt ein. »Wir haben nichts vorbereitet...«

»Dann müssen Sie eben dafür sorgen«, unterbrach ihn Sir Hugo, der ruhelos auf und ab ging. »Es kann schon zu spät sein... Wenn Freddie in diesem Augenblick zu sprechen anfängt...«

Mason starrte ihn an. Sir Hugo Vaizey schwitzte, und Mason hatte ihn noch nie schwitzen sehen.

»Nehmen Sie's nicht so tragisch, Chef«, besänftigte Mason. »Sie haben doch Logans Bericht nicht vergessen, oder? Der Arzt sagte, dass der Patient bis morgen früh zu sich kommen wird. Das ist doch ziemlich vage, nicht wahr? Wir haben die ganze Nacht Zeit...«

»Der Arzt hat sich schon einmal geirrt«, erwiderte Sir Hugo. Er blieb plötzlich stehen und ballte die Fäuste. »Ich muss überlegen... Freddie wird die nächsten Stunden wohl kaum zusammenhängend sprechen können, selbst wenn er das Bewusstsein wiedererlangt. Man wird ihn mit Samthandschuhen anfassen. Ja, es bleibt Zeit genug.«

Mason wollte etwas sagen, aber Vaizey winkte ab und setzte sich an seinen Schreibtisch. Er überlegte konzentriert.

»Passen Sie auf«, sagte er schließlich. »Ich glaube, ich hab's.

Das ist eine unvorhergesehene Entwicklung, die uns zu extremen Maßnahmen zwingt. Wir können den besprochenen komplizierten Plan nicht gebrauchen - dafür reicht die Zeit nicht. Ich brauche Sie, Mason, und Streeter. Sie müssen noch andere Leute beschaffen. Sie und Streeter verschaffen sich Zutritt zu McCraes Haus...«

»Was?«, sagte Mason entsetzt. »Das ist nicht Ihr Ernst, Chef! Für solche Sachen bin ich nicht geeignet...«

»Schon gut - schon gut! Das heißt also, dass Sie mehr Geld verlangen«, meinte Vaizey mit einer ungeduldigen Handbewegung. »Das sollen Sie bekommen. Wenn Sie den Auftrag zu meiner Zufriedenheit erledigen, haben Sie fünftausend Pfund in der Tasche - ja, und denselben Betrag bekommt Streeter. Hollister muss heute Nacht spurlos verschwinden - und darf nie mehr zum Vorschein kommen. Ich glaube, ich weiß, wo wir ihn verwahren können. Bis ich ihn ausgequetscht habe, ist die Fährte verwischt, und dann muss er das Zeitliche segnen...«

Arthur Mason beobachtete ihn fasziniert.

»Passen Sie auf, Mason. Sie leiten das ganze Unternehmen«, sagte Sir Hugo plötzlich. »Ja, jetzt ist alles klar. Ich erkläre Ihnen, wie Sie vorgehen müssen.«

Mason lauschte - und dann wurde die Maschinerie in Bewegung gesetzt.

Eine Stunde verging. Die zweite.

Die dritte...

In der Stille des Krankenzimmers hielten Ironsides und die Nachtschwester immer noch Wache. Bis jetzt hatte sich nichts gerührt.

Der Kranke gab keinen Laut von sich, bewegte keinen Finger. Sein Kopf war dick verbunden. Cromwell und die Schwester waren so still wie der Patient selbst.

Es war kurz nach drei Uhr, als der Chefinspektor eine Veränderung bemerkte. Er beugte sich angespannt vor. Dann winkte er der Schwester zu. Sie nickte, stand auf, warf einen Blick zum Bett und huschte zur Tür...

Bevor sie dort ankam, ging die Tür lautlos auf, und ein Mann im weißen Ärztemantel trat hastig ins Zimmer und schloss die Tür hinter sich. In der Hand hielt er eine Pistole. Sein Gesicht war von einer Chirurgenmaske verdeckt.

»Vorsicht, Schwester!«, sagte er leise. »Keine Bewegung, keinen Laut!«

Die Schwester atmete erschrocken ein und hob die Hände. Cromwell erhob sich langsam und griff nach seiner Waffe.

»Hände weg!«, zischte eine Stimme hinter ihm.

Ironsides fuhr herum. Er starrte in die Mündung einer zweiten Pistole in der Hand eines weißbekittelten Mannes, der zur gleichen Zeit wie sein Kumpan durch das Fenster eingestiegen war.

»Hoch mit den Flossen, Cromwell«, sagte der zweite ruhig. »Wir brauchen uns ja nichts vorzumachen. Diesmal geht es um die Wurst. Wenn Sie sich bewegen, sind Sie ein toter Mann.«

Ironsides seufzte.

»Glaubt ihr, dass ihr damit durchkommt?«, fragte er dumpf.

Er überlegte angestrengt. Bis jetzt war alles still geblieben. Sir Alistair, der in der Nähe sein Zimmer hatte, wusste nichts von den Vorgängen. Im Haus hielten sich viele Personen auf - Schwestern, Patienten, manche davon ohne Schlaf. Wie leicht war es für jemanden im weißen Mantel, unbemerkt die Korridore zu durchstreifen! An der Rückseite des Gebäudes gab es eine Feuerleiter, die der zweite Mann benutzt haben musste.

Dieser Einbrecher schob sich langsam vor, bis er Cromwell genau gegenüberstand. Der Chefinspektor verschränkte die Finger über dem Kopf.

»Da rüber, Schwester!«, befahl der andere und winkte mit der Pistole. Die Krankenschwester trat an Cromwells Seite.

»Schon besser. Beeil dich, Kollege! Ich halte die beiden in Schach, bis du fertig bist.«

»Gut«, flüsterte der andere.

Es war einfach - viel einfacher, als er erwartet hatte. Draußen am Randstein parkte ein Krankenwagen mit offener Hecktür. In fünf Minuten würden sie unterwegs sein... Er hastete zum Bett. Sanfte Methoden waren jetzt nicht am Platz. Der Patient würde ein bisschen durchgeschüttelt werden, aber -

Es gab gar keinen Patienten!

Der Verbrecher hatte gerade die Bettdecke zurückgeschlagen. Seine Augen wölbten sich vor, als er sah, dass dort - eine Puppe lag. Der Kopf mit den dicken Verbänden wirkte echt, aber bei näherem Zusehen verflog die Täuschung sofort.

»Mensch!«, stieß er hervor.

»Was ist denn?«, knurrte der andere. »Warum packst du ihn nicht und...«

Er verstummte. Der Mann am Bett konnte nichts erwidern. Er gab einen gurgelnden Laut der Überraschung von sich-denn unter dem Bett griffen zwei Hände hervor und schlossen sich fest um seine Fußknöchel.

Zwölftes Kapitel

Der Verbrecher verlor das Gleichgewicht und stürzte zu Boden. Seine Pistole rutschte auf dem Linoleum dahin.

Bill Cromwell benützte die Gelegenheit. Er hatte nur darauf gewartet. Als der Mann zu Boden stürzte, schaute sein Kumpan einen Augenblick hinüber.

Die Faust des Chefinspektors knallte ans Kinn seines Gegners. Der Bandit knickte in den Knien ein und sank in sich zusammen. Cromwell nahm ihm die Waffen aus der Hand. »Gut gemacht, Ironsides!«, sagte eine triumphierende Stimme. Ein uniformierter Polizeiinspektor stürmte ins Zimmer. Er beugte sich über den zweiten Banditen.

»Keine Sorge, Sir«, keuchte eine Stimme. »Ich habe ihn.«

Ein junger Polizist zwängte sich unter dem Bett hervor, nachdem er dem Gefangenen eine Handfessel angelegt hatte. Inspektor Davis nickte und tat dasselbe bei dem anderen Mann. Dann riss er ihnen die Masken herunter.

»Kennen Sie die beiden?«, fragte Davis den Chefinspektor. »Ich habe sie gestern gesehen«, seufzte Cromwell. »Snide Waters und Lefty Colon. Zwei Deptford-Burschen. Früher gehörten sie zu Arty Rozzis Rennplatzbande. Sie wurden gestern verhört, aber ihre Alibis im Fall Traviston waren nicht zu erschüttern.«

Cromwell wandte sich der Krankenschwester zu, die nun, nachdem alles vorbei war, blass und erschrocken auf einen Stuhl sank.

»Gut gemacht, Schwester«, gratulierte Ironsides. »Das war eine unangenehme Aufgabe für Sie. Vielen Dank.«

»Gern geschehen, Mr. Cromwell. Ich bin gleich wieder auf den Beinen«, erwiderte das Mädchen.

»Wir brauchten eine Schwester, um unsere Besucher nicht argwöhnisch zu machen«, erklärte der Chefinspektor. »Ich war mir ziemlich sicher, dass es nicht zu einer Schießerei kommen würde, wenn wir klein beigaben - und einer der Gangster musste ja ans Bett gehen. Das war unsere Chance.«

Die Gefangenen standen mit mürrischen Gesichtern nebeneinander, nachdem sich der zweite von dem Niederschlag erholt hatte. Inspektor Davis führte die beiden hinaus.

Sir Alistair McCrae und Hazel Faraday kamen ins Zimmer.

»Eins zu null für Sie, Cromwell«, sagte der Chirurg. »Sie hatten recht. Diese Banditen besitzen tatsächlich die Unverschämtheit, mich in meinem eigenen Haus zu überfallen. Ich hielt das einfach nicht für möglich, trotz Ihrer Versicherungen. Zum Glück ist alles ganz ruhig abgelaufen.«

»Ich habe Ihnen doch gesagt, dass es klappen wird, Sir.«

»Ich hatte ja solche Angst, Mr. Cromwell!«, sagte Hazel. »Ich konnte natürlich kein Auge zumachen. Ich habe gewartet und gelauscht. Nur gut, dass Sie diese Verbrecher hereingelegt haben, während Freddie in Hampstead in Sicherheit ist. Ich begreife immer noch nicht ganz, warum Sie mich hier haben wollten...«

»Es ging nicht anders«, antwortete Ironsides. »Das Ganze musste möglichst natürlich aussehen. Sie sollten eben in der Nähe Ihres Verlobten sein - für die anderen. Ich hielt es für ausgemacht, dass das Haus beobachtet wurde. Wenn man Sie eintreffen sah, musste sich der Eindruck verstärken, dass Hollister nahe daran war, sein Bewusstsein wiederzuerlangen.«

»Ja, gewiss.«

»Sehr klug von Ihnen, Ironsides, dass Sie mit dem Überfall gerechnet haben«, sagte Inspektor Davis, der wieder ins Zimmer kam. »Die Kerle sind unterwegs zum Untersuchungsgefängnis. Der Fahrer des Krankenwagens auch. Wir haben ganze Arbeit geleistet.«

»Ich habe nicht nur mit dem Überfall gerechnet, sondern ihn auch provoziert«, erwiderte Cromwell. »Für mich stand fest, dass die wahren Mörder Lord Travistons - die Männer hinter den bezahlten Tätern - Hollister unbedingt in die Hände bekommen wollten, bevor er sprechen konnte. Mit Sir Alistairs Hilfe entwarf ich einen kleinen Plan, um die Opposition zu überstürztem Handeln zu zwingen. Sir Alistair und ich probten ein Gespräch, das wir später am Telefon wiederholten.«

»Ich verstehe nicht ganz«, sagte Hazel.

»Ganz einfach, Miss Faraday«, meinte Ironsides. »Ich wusste, dass meine Telefonate abgehört wurden. Ich weiß nicht, wofür mich diese Gauner eigentlich halten. Haben Sie übrigens etwas über die Kerle auf dem Dach in der Nähe meiner Wohnung gehört, Davis?«

»Wir haben sie gefasst. Vier Mann in einer Nacht...«

»Nicht schlecht, aber bis jetzt haben wir es immer noch mit dem Kroppzeug zu tun.«

»Es führt uns aber zu den großen Leuten«, sagte Davis.

»Hier haben wir es allerdings mit der Ausnahme von der Regel zu tun, fürchte ich«, brummte Cromwell. »Ich bin durchaus kein Pessimist, aber ich mache mir Sorgen. Die

Leute hinter dem Mord an Lord Traviston sind verdammt gefährlich. Ich bin froh, dass sie eine so schlechte Meinung von mir haben. Aber sich vorzustellen, dass ich von der Überwachung meines Telefons nichts merken würde! Nicht zu fassen!«

»Sie müssen aber jetzt vorsichtig sein«, warnte ihn Davis. »Wahrscheinlich haben sie es jetzt auf Sie abgesehen. Aber Sie wissen sich ja zu helfen.«

Cromwell wandte sich an Sir Alistair und Hazel.

»Da sie schon einmal meine Gespräche abhörten, wollte ich mir das auch zunutze machen«, erklärte er. »Bevor ich heute zum Essen heimfuhr, vereinbarte ich mit einem Kollegen, er solle mich von Scotland Yard aus anrufen. Er erzählte mir, unsere Experten seien der Meinung, bei der Tatwaffe handle es sich um eine Grant-Hammond-Pistole. Wir wussten aber natürlich schon längst, dass die Schüsse aus einer Thomsson abgegeben worden waren. Nach dieser Waffe suchen wir. Ich habe bei dem Gespräch auch durchblicken lassen, dass wir keine Spur zu den Tätern hätten.«

»Haben Sie denn eine?«, fragte Hazel atemlos.

»Ich habe da ein paar Leute im Auge«, meinte Ironsides. »Arthur Mason und Michael Streeter nennen sie sich. Sie wohnen in einem umgebauten Stallgebäude. Im Augenblick besitzen wir keine Beweise gegen sie, aber das kann sich nach dem heutigen Vorfall ändern.«

»Freut mich zu hören, Cromwell«, sagte McCrae. »Der Fall ist also beinahe abgeschlossen...«

»Das würde ich Ihnen gern bestätigen, wenn ich könnte, Sir«, brummte Ironsides kopfschüttelnd. »Mason und Streeter mögen zwar die eigentlichen Täter sein, aber sie sind bezahlte Leute - wenig besser als die Burschen, die wir eben gefasst haben. Nein, ich habe es auf größere Beute abgesehen.«

Er verstummte plötzlich und ging zur Tür, wo er zur Seite trat, weil jemand hereinkam. Sir Alistair wurde am Telefon verlangt, von seiner Klinik in Hampstead Heath.

»Nur noch ein Punkt, Sir«, sagte Cromwell von der Tür her. »Es ist möglich, dass sich dieses schöne Spiel wiederholt. Beim nächsten Mal in Hampstead. Wir werden ab morgen früh auch dort Leute postieren - wenn ich den Chef zur Einsicht bringen kann«, fügte er hinzu.

McCrae nickte und ging ans Telefon.

»Ach, Sie sind's, Sinclair«, sagte er, als er die Stimme erkannte. »Ist etwas passiert? Sie rufen doch sonst um diese Zeit nicht an...«

»Gott sei Dank, dass ich Sie erreiche!«, rief Dr. Sinclair in die Muschel. »Wir werden überfallen, Sir Alistair! Männer mit Pistolen... Aaaah!«

Ein gurgelnder Schrei - ein Knacken - die Leitung war tot.

Dreizehntes Kapitel

Der Pistolenkolben traf Dr. Sinclair an der Schläfe. Der Arzt brach über seinem Schreibtisch zusammen, und Arthur Mason riss das Telefonkabel aus der Wand. Ohne seinem Opfer einen Blick zu gönnen, verließ er den Raum.

Im breiten Korridor stand das Personal der Klinik an der Wand aufgereiht. Ein Bewaffneter hielt sie in Schach. Wie Mason trug er einen weißen Mantel und eine Chirurgenmaske.

»Erledigt?«, fragte der Mann mit der Pistole.

»Erledigt!«, sagte Mason.

Dr. Sinclair hatte sich vor ein paar Minuten losgerissen und in seinem Büro verbarrikadiert. Mason wusste, dass Sinclair seinen Gesprächspartner erreicht hatte und dass es jetzt auf jede Sekunde ankam.

»Was haben Sie mit Dr. Sinclair gemacht?«, fragte eine Schwester scharf.

»Nur keine Aufregung«, erwiderte Mason, der den Blick auf den Eingang zum Lift gerichtet hielt. »Sinclair kann von Glück reden. Ich hätte ihn abknallen können, aber ich wollte die Patienten nicht belästigen. Halt, wenn Sie nicht auch eins über den Schädel bekommen wollen!«

Seine Worte galten dem jungen Dr. Borden, der unwillkürlich eine Bewegung machte, als das Summen des Aufzugs an seine Ohren drang. Die Spannung wuchs.

Seit dem Überfall waren kaum fünf Minuten vergangen. Kein Schuss war abgegeben worden. Nicht ein Patient ahnte, was sich im Haus abspielte.

Der Lift hielt im Erdgeschoss. Die Tür öffnete sich lautlos, eine fahrbare Bahre wurde von zwei weißbekittelten Männern herausgerollt. Auf der Bahre lag Freddie Hollister - in Verbände gehüllt und bewusstlos.

»Mein Gott! Das können Sie doch nicht tun!« empörte sich Dr. Borden. »Der Patient darf nicht transportiert werden...«

»Ruhe«, sagte Mason. »Sie sehen doch, dass es geht.«

»Aber er ist immer noch in kritischem Zustand«, fuhr ihn der junge Arzt an. »Sie wissen gar nicht, welche Verantwortung...«

»Sparen Sie sich die Mühe«, gab Mason zurück. »Keine Sorge, Doktor. Wir wollen ihn genauso dringend am Leben erhalten wie Sie, und wir werden ihn behandeln, als wäre er aus Glas.«

Er winkte Mike Streeter, der ihm zunickte, seinem Gehilfen ein paar Worte zuflüsterte und gemeinsam mit ihm die Bahre zum Haupteingang rollte. Dr. Borden und die anderen sahen hilflos zu.

Sieben Minuten waren vergangen.

Als die beiden Männer mit der Bahre das Freie erreichten, nahmen sie ihre Masken ab. Auf der Straße stand ein weißer Krankenwagen mit laufendem Motor.

Ein Polizeibeamter auf seinem Streifengang kam die Straße entlang. Er sah einen völlig normalen Vorgang. Offenbar ein schwerer Fall...

Arthur Mason, der an der Tür stand, hatte den Polizeibeamten entdeckt. Mason erschrak, verlor aber nicht den Kopf. Er gab seinem Begleiter ein Zeichen. Dieser steckte seine Maske ein und ging zum Krankenwagen. Der Polizeibeamte war zehn Schritte näher gekommen.

Mason öffnete die Tür und trat noch einmal ins Innere.

»Alles herhören!«, sagte er. »Dass mir niemand auf die Idee kommt, er könnte einfach hinausstürzen und nach der Polizei rufen. Eine Waffe ist auf den Eingang gerichtet. Wer Dummheiten macht, wird es bereuen!«

Er steckte Maske und Waffe ein, dann trat er hinaus und schritt die Treppe hinunter. Er gab sich Mühe, sein Gesicht abzuwenden, grüßte aber freundlich, als er an dem Polizeibeamten vorbeikam, und stieg in den Krankenwagen.

»Los«, sagte er leise. »Aber langsam.«

Er begann zu fluchen. Eine Trillerpfeife schrillte. Dr. Borden war trotz der Warnung sofort ins Freie gerannt und mit dem verdutzten Polizeibeamten zusammengeprallt.

»Der Krankenwagen!«, schrie Dr. Borden. »Aufhalten! Sie haben einen unserer Patienten...«

»Nun mal langsam«, sagte der Polizeibeamte gelassen und packte den jungen Mann beim Arm. »Beruhigen Sie sich. Ich habe den Krankenwagen wegfahren sehen, und da war alles in Ordnung...«

Dr. Borden biss die Zähne zusammen. Die Heckleuchten des Krankenwagens verschwanden in der Nacht.

»Mein Wagen!«, sagte er plötzlich. »Kommen Sie mit. Vielleicht holen wir sie noch ein... Aber was hat das für einen Zweck? Das dauert mindestens fünf Minuten, und bis dahin sind sie über alle Berge.«

Der Polizeibeamte stürmte ins Haus, wo er sich einer Gruppe überaus aufgeregter Menschen gegenübersah. Es dauerte fast zwei Minuten, bis er ganz begriffen hatte, worum es ging - und da war es längst zu spät.

Als er zu telefonieren versuchte, entdeckte er, dass die Banditen die Leitung herausgerissen hatten, wodurch auch alle anderen Apparate ausgefallen waren. Er lief wie ein Gehetzter zur nächsten Sprechzelle. Inzwischen raste ein schwerer Wagen von der anderen Richtung her auf die Klinik zu.

Im Fahrzeug saßen Chefinspektor Cromwell, Inspektor Davis, Sir Alistair McCrae und Hazel Faraday. Ironsides presste die Lippen zusammen und starrte stumm vor sich hin. Der Chirurg hielt Hazels Hand fest.

»Sie haben ihn geholt!«, sagte sie immer wieder. »Ich weiß es. Sie haben ihn geholt!«

»Wir können nicht sicher sein, bis wir die Klinik erreicht haben«, sagte Sir Alistair beruhigend. »Vielleicht hat sich Sinclair unnötige Sorgen gemacht. Jedenfalls haben wir kaum Zeit verloren. Seit dem Anruf ist noch keine ganze Viertelstunde vergangen.«

Er fürchtete jedoch, dass sie zu spät kommen würden. Das abrupte Ende des Gesprächs ließ keinen anderen Schluss zu.

Mit quietschenden Reifen kam der Wagen vor der Klinik zum Stehen. Cromwell und Davis sprangen hinaus. Bevor sie den Eingang erreichten, eilte ihnen der junge Arzt entgegen.

»Sie haben Mr. Hollister entführt!«

»Welche Richtung?«, fragte Ironsides.

»Mit einem Krankenwagen - diese Strecke.« Dr. Borden streckte den Arm aus.

»Wann?«

»Vor fünf Minuten.«

Cromwell und Davis wechselten einen Blick. Sie wussten, was ein Vorsprung von fünf Minuten bedeutete. Inzwischen hatte der Krankenwagen zwei oder drei Meilen zurückgelegt. Eine Verfolgung von hier aus war zwecklos.

»Ich lasse mir genau berichten«, sagte Ironsides knapp. »Sie nehmen den Wagen, Davis, und fahren zum Revier. Das Telefon ist defekt, nicht wahr?«

»Ja«, sagte Dr. Borden.

»Dachte ich mir. Leiten Sie die Fahndung ein, Davis.«

Cromwell wandte sich an den Arzt. »Kann jemand eine Beschreibung der Beteiligten geben? Wer hat sie gesehen? Wie viele waren es? Wie sah der Krankenwagen aus?«

»Es waren vier Männer - vielleicht sogar mehr«, erwiderte Borden. »Sie trugen weiße Mäntel und Gazemasken. Eine nähere Beschreibung kann niemand geben. Der Krankenwagen war weiß lackiert, aber ich kann Ihnen weder Modell noch Kennzeichen sagen.«

»Sehr dürftig«, mäkelte Cromwell. »Mehr werden wir wohl nicht herausbekommen, Davis. Tun Sie, was Sie können.«

Davis hastete davon, und Cromwell betrat das Haus. Hazel stand bei Sir Alistair. Man hatte sie gerade unterrichtet. Dr. Sinclair kam schon wieder zu sich, aber er wusste auch nicht mehr als die anderen. Cromwell sah erleichtert, dass Hazel sich zu beherrschen vermochte. Er hatte einen hysterischen Anfall erwartet.

»Wir werden tun, was wir können, Miss«, versprach er brummig.

»Warum haben Sie die Verfolgung nicht gleich aufgenommen, Mr. Cromwell?«, fragte sie scharf. »Das war doch die einzige Chance. Sie hatten nur fünf Minuten Vorsprung.«

Cromwell und McCrae führten sie in einen Warteraum. Der Chefinspektor schloss die Tür.

»Sie irren sich, Miss Faraday«, sagte er. »Wenn ich hierbleibe, kann ich jeder Spur nachgehen, die unsere Leute finden. Es wäre sinnlos gewesen, einfach draufloszufahren...«

»Aber sie haben einen Krankenwagen verwendet«, wandte das Mädchen ein. »So ein Fahrzeug muss doch leicht zu finden sein! Zu dieser Nachtzeit wird es einer ganzen Anzahl von Polizisten aufgefallen sein.«

»Es ist anzunehmen, dass die Banditen das Fahrzeug sehr schnell wechseln werden«, meinte Cromwell. »Die Organisation dieser Leute funktioniert reibungslos. Ihr Verlobter befindet sich längst nicht mehr in dem Krankenwagen.«

Sie nickte stumm. Sir Alistair, der hinter ihr stand, wechselte mit Cromwell einen Blick. Cromwell begriff. Sir Alistair machte sich große Sorgen um seinen Patienten. Vor Hazel konnte er das aber nicht aussprechen.

»Ich komme mir wieder ganz klein vor!«, klagte der Chefinspektor. »Ich habe mich für so schlau gehalten! Und was ist passiert? Der ganze Plan hat sich gegen mich gekehrt! Diese Kerle überlassen nichts dem Zufall. Weil sie nicht genau wussten, ob Hollister hier oder in der Wimpole Street gepflegt wurde, da überfielen sie beide Häuser. In einem davon mussten sie ja Erfolg haben. Ich habe langsam das Gefühl, dass sie überzeugt waren, Freddie hier zu finden. Deswegen haben sie hier mehr Leute eingesetzt.«

»Das ist alles so - unfassbar«, meinte Sir Alistair stirnrunzelnd. »Ich verstehe einiges überhaupt nicht, Cromwell. Hollister ist niedergeschossen worden, weil er die Ermordung seines Vaters miterlebte und die Verbrecher befürchteten, er könnte sie identifizieren. Das begreife ich noch. Aber das Folgende ist mir absolut unverständlich. Die Überwachung Ihrer Telefongespräche - diese Entführung...«

»Eines wird dadurch jedenfalls bewiesen«, unterbrach ihn Hazel. »Sie wollen Freddie lebend in die Hände bekommen! Wenn sie nur Angst hätten, dass er plaudert, wäre er in seinem Bett umgebracht worden. Finden Sie nicht auch, Mr. Cromwell?«

»Ich hatte die ganze Zeit über das Gefühl, dass hinter der Sache ein tieferer Grund steckt«, gab Cromwell zurück. »In einer Hinsicht können Sie sicher beruhigt sein. Die Entführer werden Ihren Verlobten sehr schonend behandeln. Ich wette, dass Arzt und Schwester bereitstehen, um ihn zu pflegen, sobald er die Reise hinter sich hat.«

»Sie meinen...?« Hazel machte eine Pause, um ihre Gedanken zu sammeln. »Sie meinen, sie wollen ihn am Leben erhalten, weil er etwas weiß? Etwas, das sie von ihm erfahren wollen, sobald er zu sich kommt? Ist es das? Er weiß etwas, das für sie sehr wichtig ist.«

»So ungefähr, Miss.«

»Aber das ergibt doch keinen Sinn, Cromwell«, widersprach Sir Alistair. »Wenn sie von Hollister so dringend etwas erfahren wollen, warum haben sie ihn dann überhaupt niedergeschossen?«

»So paradox, wie es klingt, ist es nicht«, antwortete Cromwell. »Ich glaube, dass es dafür eine einfache Erklärung gibt.«

»Die würde mich aber interessieren.«

»Die Männer, die Lord Traviston bis zur Victoria Street verfolgten, waren bezahlte Killer und hatten den Befehl, Traviston nur zu erschießen, falls sich bestimmte Umstände ergeben sollten«, fuhr Cromwell fort. »Die Beseitigung Freddies stand nicht auf dem Programm. Sein unerwartetes Auftauchen brachte die Täter aus dem Konzept. Sie wussten, dass er sie genau gesehen hatte und sie identifizieren konnte, also schossen sie ihn nieder. Ihre Auftraggeber waren sicher höchst erstaunt, als sie erfuhren, dass auch der Sohn getötet worden sei. Im ersten Bericht hieß es ja, beide Opfer seien tot.«

»Sie sprechen von *Auftraggebern*, Mr. Cromwell«, sagte Sir Alistair. »Haben Sie Grund zu der Annahme, dass die Mörder von mehreren Personen beauftragt wurden?«

Ironsides hatte Gründe genug, aber er lächelte nur.

»Das war nur eine Redensart, Sir.«

»Sie sprachen auch von *bestimmten Umständen*.«

»Die Umstände waren klar genug, wie sich zeigte«, erklärte der Chefinspektor. »Lord Traviston hatte seinen Wagen vor meinem Haus angehalten, woraus zu schließen war, dass er mich aufsuchen wollte. Die Mörder hinderten ihn daran.«

»Mit anderen Worten, Traviston wollte Ihnen etwas anvertrauen...«

»Nicht unbedingt mir«, unterbrach ihn Cromwell. »Mein Assistent Lister wohnt bei mir. Traviston hatte kurz vorher angerufen, Lister verlangt und erklärt, er wolle gleich vorbeikommen. Ich war zuerst am Apparat. Seine Stimme klang sehr aufgeregt. Hollister und mein Sergeant sind nämlich befreundet, müssen Sie wissen, und Lord Traviston wusste wohl davon.«

»Trotzdem finde ich das alles sehr kompliziert«, meinte McCrae. »Traviston brauchte Rat, gewiss, aber warum ging er nicht zur Polizei? Warten Sie! Vielleicht wollte er einen inoffiziellen Ratschlag. Die für den Mord Verantwortlichen nahmen jedoch an, er wolle zu Ihnen, und erschossen ihn. Da tauchte Freddie in seinem Sportwagen auf. Er sah sie, und sie schossen auch auf ihn. Als sie erfuhren, dass er noch lebte, unternahmen sie sofort etwas. Als erstes wurde Ihre Telefonleitung angezapft. Dann kam es zu dieser Entführung.«

Er sah die Situation jedoch nicht so klar wie Cromwell. Obwohl es keinerlei Beweise dafür gab, war Cromwell davon überzeugt, dass Sir Hugo Vaizey der eigentliche Drahtzieher war. Colonel Petherton-Charters hatte Travistons Safe fünfzehn Minuten nach dem Mord geöffnet - bevor die Familie von dem tragischen Ereignis informiert worden war. Der Colonel hatte in dem Safe etwas gefunden, was die Entführung Freddies notwendig machte. Worum es sich dabei handelte, konnte Ironsides nicht sagen. Eines stand für ihn jedoch fest. Sobald Freddie Hollister bei Bewusstsein war, würde er seinen Gegnern etwas sehr Wichtiges mitteilen können.

Noch eine Tatsache schälte sich für den Chefinspektor heraus. Sobald Freddies Gegner erfahren hatten, was sie wissen wollten, immer vorausgesetzt, dass er wirklich zu Bewusstsein kam, würden sie ihn ohne Rücksicht beseitigen. Das schrieb ihnen ihre eigene Sicherheit vor. Falls

Cromwell Freddie nicht rechtzeitig fand, würde der junge Mann nie mehr auftauchen. Und gefunden musste er werden, bevor er ins Bewusstsein zurückkehrte.

Inspektor Davis brachte keine ermutigenden Nachrichten. Nach einer halben Stunde kehrte er zwar mit einigen Informationen zurück, brachte seinen Zuhörern aber keine Erleichterung.

»Wir haben den Krankenwagen gefunden«, erklärte er. »Tut mir leid, Miss Faraday, aber er war leer. Sie hatten ihn einige Meilen von hier verlassen. Er gehört einem kleinen Landkrankenhaus und wurde dort aus der Garage gestohlen.« Er wandte sich an Cromwell. »Ich nehme an, dass Sie das Fahrzeug sehen wollen.«

»Viel Zweck hat es nicht, aber meinetwegen.«

»Und - Freddie?«, fragte Hazel leise. »Gibt es denn gar keine Spur?«

»Anscheinend nicht, Miss«, sagte Davis. »Er wurde wohl in ein anderes Fahrzeug umgebettet. Die Spur ist völlig verlorengegangen. Wir dürfen Ihnen keine falschen Hoffnungen machen.«

Hazel starrte Ironsides stumm an. Der Chefinspektor versprach noch einmal, alles zu tun, was in seinen Kräften stand. Er war froh, als er sich verabschieden konnte.

»Die Kleine macht die Hölle durch«, sagte er, als er zu Davis in das Polizeifahrzeug stieg. »Ich wundere mich nur, dass sie sich so gut hält.«

»Es war schlimm genug für sie, dass man ihr erzählt hat, ihr Verlobter sei ermordet worden«, brummte Davis, als er den Motor anließ. »Das war der erste Schock. Dann die Nachricht, dass Hollister noch am Leben sei. Sie hat ja auch die Operation in nächster Nähe miterlebt. Und jetzt das. Ich glaube, offen gestanden, nicht, dass wir den jungen Mann jemals wieder zu Gesicht bekommen, Ironsides. Jedenfalls nicht lebendig.«

Bill Cromwell schob das Kinn vor.

»Er muss am Leben bleiben, Davis!«, sagte er scharf. »Es wird Tage dauern, bis er zu sich kommt. Sir Alistair sagt es, und er kennt sich aus. Solange Hollister bewusstlos ist, kann ihm nichts passieren. Das verschafft uns Zeit. Wir müssen ihn finden.«

Ironsides zog seine Pfeife aus der Tasche und traf die üblichen Vorbereitungen zum Rauchen. Die zu bewältigenden Probleme deprimierten ihn. Es gab keine brauchbare Spur. Die ganze Polizeiorganisation lief auf Hochtouren, aber bislang ohne Erfolg.

Der Krankenwagen lieferte keinen Hinweis. Als Cromwell und Davis ankamen, fanden sie einen Polizisten als Bewachung vor. Das Fahrzeug war in der Einfahrt eines leeren, alten Hauses gefunden worden, umgeben von Bäumen. Lenkrad und Türgriffe wurden nach Fingerabdrücken untersucht, aber ohne große Hoffnung auf Erfolg. Der Wagen war unbeschädigt. Die Reifenspuren halfen nicht weiter, denn sie stammten von dem Kraftfahrzeug selbst. Der andere Wagen war auf der geteerten Straße geparkt gewesen, wie winzige Ölspuren bewiesen. Augenzeugen gab es zu dieser nachtschlafenden Zeit natürlich auch nicht.

Die Ermittlungen waren in eine Sackgasse geraten, und der Gegner konnte den bisher größten Erfolg für sich buchen.

Vierzehntes Kapitel

Es war immer noch finster, als ein großer Buick London in südlicher Richtung verließ. Sir Hugo, der am Steuer saß, wirkte wieder ruhig und sachlich. Colonel Petherton-Charters neben ihm schien wie auf glühenden Kohlen zu sitzen.

»Ich mache mir ernsthafte Sorgen, Vaizey«, sagte er. »Sie erklären immer wieder, dass alles in Ordnung sei, aber so sicher bin ich mir da nicht. Ich finde das alles überaus unangenehm.«

»Eine Weile sah es schlimm aus, Fruity, aber jetzt haben wir das Ärgste hinter uns«, erwiderte Sir Hugo. »Man wird den jungen Hollister niemals finden. Meine Pläne sind sorgfältig entworfen und ebenso sorgfältig ausgeführt worden. Inzwischen ist er schon fast am Ziel. Die Polizei kommt nicht weiter als bis zu dem aufgegebenen Krankenwagen. Spuren findet sie keine.«

»Wäre es nicht klug gewesen, im Fahrzeug falsche Spuren zu hinterlassen?«, meinte Fruity. »Damit hätte man doch die Polizei auf eine irrige Fährte locken können, nicht wahr?«

»Sehr klug, ja«, sagte Sir Hugo nachsichtig. »Zu klug. Es ist leicht, so klug zu sein, Fruity. Wenn man der Polizei falsche Spuren gibt, findet sie eine richtige. Es ist weitaus besser, gar keine zu hinterlassen. Dann hat sie keinen Anhaltspunkt.«

Fruity schien sich ein wenig zu beruhigen.

»Hören Sie mal, Vaizey«, sagte er. »Nur mal angenommen - ich meine - nur so - für alle Fälle - wenn nun unsere

Leute irgendwo einen Fehler gemacht haben? Wenn nun die Polizei die Fährte Freddies bis zu Ihrer verflixten Insel verfolgt? Dann sitzen wir in der Tinte, nicht wahr? Ich meine, gehen wir nicht ein gewaltiges Risiko ein, wenn wir den Burschen auf Rock Island bringen?«

»Das glaube ich nicht«, gab Sir Hugo zurück. »Sie waren noch nicht oft auf der Insel, wie? Keine Sorge, Fruity. Wenn die Polizei je dort auftauchen sollte, würde sie nichts finden. Überhaupt nichts.«

»Aber dieser ekelhafte Cromwell...«

»Mich stört Cromwell gar nicht«, sagte Vaizey beinahe belustigt. »Er soll doch denken, was ihm beliebt. Bevor er etwas unternehmen kann, braucht er Beweise.«

Fruity gab sich zufrieden. Er fühlte sich der Diskussion nicht mehr gewachsen. Inspektor Cromwells Name rief bei Sir Hugo stets ein verächtliches Lächeln hervor, und der Colonel hoffte nur, dass diese Verachtung auch berechtigt war. Im Innern hegte er gewisse Zweifel.

»Da ist aber noch eine Gefahr«, begann Fruity plötzlich von neuem. »Diese Fahrt - vielleicht war sie für Freddie zu anstrengend, Sie verstehen? Er ist doch nicht in der Verfassung... Schöne Geschichte, wenn wir ankommen und ihn tot vorfinden!«

»Ja, das ist ein Problem«, gab Sir Hugo zu. »Es war natürlich nicht gut, ihn transportieren zu müssen, aber eine andere Möglichkeit gab es nicht. Bevor wir London verließen, hörte ich, dass er die Strapazen bisher gut überstanden hat.«

»Und die beiden Kerle, die in der Wimpole Street festgenommen wurden? Dazu die anderen auf dem Dach - werden die nicht plaudern?«

»Meinetwegen«, sagte Sir Hugo wegwerfend. »Sehen Sie nicht, wie Cromwell auf der ganzen Linie versagt hat, Fruity? Er lässt Freddie insgeheim nach Hampstead bringen und bewacht dann das Haus in der Wimpole Street, im Glauben, dass sich dort etwas tun wird.« Vaizey lachte in sich hinein. »Für seine ganze Mühe hat er sich nur Kopfschmerzen eingehandelt. Er kann seine Gefangenen nicht einmal des Menschenraubs beschuldigen, denn sie haben ja niemanden entführt. Wahrscheinlich bekommen sie zwölf Monate wegen *bewaffneten Einbruchs* in der Absicht, eine Straftat zu begehen... Ich spreche von den beiden in der Wimpole Street. Den anderen auf dem Dach kann man wohl kaum etwas anhängen.«

»Aber wenn sie nun reden?«, fragte Petherton-Charters unruhig. »Darauf sind Sie noch nicht eingegangen.«

»Ich wiederhole noch einmal, meinetwegen«, gab Sir Hugo ungeduldig zurück. »Sie haben vorher viel Geld bekommen und erwarten weitere Zahlungen, sobald sie entlassen werden. Sie halten bestimmt den Mund.«

»Und wenn sie es doch nicht tun?«

»Du lieber Himmel, Fruity, finden Sie denn gar kein Ende?«, fauchte Vaizey. »Alle diese Leute wurden von Mason angeworben. Sie kennen keinen anderen Auftraggeber. Wen stört es, was sie reden? Sie müssen nur festhalten, dass unsere Alibis - auch das von Bruce - absolut unangreifbar sind. Wir können uns beruhigt zurücklehnen.«

Fruity seufzte. Er beneidete seinen Begleiter um diese innere Sicherheit. Sogar Bruce Aldrich, den sie in London zurückgelassen hatten, damit er dort nach dem Rechten sehen konnte, schien von der ganzen Affäre nicht sehr beeindruckt zu sein. Fruity kam zu der bedauerlichen

Schlussfolgerung, dass er für ein Leben als Gesetzesbrecher nicht geschaffen war. Er lehnte sich zurück, bedachte sich mit dem Namen *Gesetzesbrecher* und erschrak. Es war unangenehm, diesen Wahrheiten ins Gesicht zu sehen. Jahrelang hatte er mit Genuss Geld ausgegeben, das auf unehrliche Weise erworben war. Sein Gewissen hatte ihn dabei kaum belästigt. Bei der ersten Belastungsprobe zeigte er sich jedoch als Schwächling, und es war nur Vaizeys eiserne Persönlichkeit, die einen Zusammenbruch des Colonels verhinderte.

Der Wagen surrte in die friedliche Nacht hinein.

»Ich hab's satt!«, sagte Richard Trevor wütend. »Ausgesprochen satt!«

Der schlanke, athletische junge Mann, angetan mit Leinenhose und Pullover, beugte sich in der Segeljolle *Lily Belle* ein wenig vor und spähte in die Dunkelheit über der Bucht von Melwater. Es herrschte fast Windstille; die Segel hingen schlaff herab. Ab und zu knarrte es in der Takelage, wenn das Boot von der schwachen Strömung der Flut ein wenig angehoben wurde. An der Küste der Grafschaft Essex funkelten ein paar Lichter. Ein dunkler Fleck mitten in der Bucht zeigte überhaupt kein Licht.

»Was soll denn das für ein Urlaub sein?«, brummte Richard Trevor. »Bei der ersten Nachtfahrt schläft der Wind ein, und wir sitzen da. Lächerlich!«

In Wirklichkeit hieß Richard Trevor natürlich Johnny Lister. *Richard Trevor* nannte er sich nur im Hotel *Fisherman's Arms* in Seaminster.

»Mir machen Sie nichts vor«, meinte eine tiefe, gutmütige Stimme. »Urlaub heißt das? Na ja.«

Johnny Lister drehte sich um und starrte in der Düsternis seinen Begleiter an. Tom Wigley war ein hagerer, kleiner Mann mit runzligem Gesicht. Sein Alter ließ sich schwer bestimmen, aber Johnny schätzte ihn auf mindestens sechzig Jahre. Die beiden verstanden sich gut miteinander, seit sie vor zwei Tagen zusammengetroffen waren.

»Soll heißen?«, fragte Johnny.

»Na hörn Sie!«, sagte Tom grinsend. »Gestern fahren wir die ganze Zeit um Mad Hatter's Rock herum, und jetzt wollen Sie nachts auch noch hinaus. Ich beschwer' mich gar nicht. Sie zahlen ja gut. Aber vormachen können Sie mir nichts.«

»Sie sind ganz schön wach, was?«

»So wach schon, um zu merken, dass Sie keinen Urlaub machen«, meinte der alte Fischer. »Sie interessieren sich doch nur für die Insel da drüben. Mich geht es ja nichts an, und neugierig bin ich noch nie gewesen. Dass Sie in Ordnung sind, hab' ich gleich gemerkt. Und dieser Vaizey, dem die Insel gehört, ist ein Fremder. Der mit seinen Partys!« Tim Wigley spuckte ins Wasser. »Schade, dass ausgerechnet der die Insel gekauft hat.«

Johnny Lister hielt viel von Tom Wigleys Meinung. Der Mann war ehrlich und offen wie ein Kind, aber auch vorsichtig. Er ging nur aus sich heraus, wenn sie allein waren. Die meisten Leute in Seaminster sprachen in hohen Tönen von Sir Hugo Vaizey. Er war ein *Fremder*, gewiss, aber er hatte viel Geld für den Wiederaufbau der alten Abtei ausgegeben. Davon war allerhand nach Seaminster geflossen. Kein Wunder, dass die Leute viel von ihm hielten. Sir Hugo hatte verschiedenen Geschäftsleuten Wohlstand gebracht.

»Die meisten Menschen in Seaminster denken aber anders«, sagte Johnny trocken.

»Ich hab' meine eigene Meinung«, knurrte Tom Wigley. »Typen wie dieser Vaizey sind mir verdächtig. Es heißt ja, dass er Millionär ist, und jeder weiß, dass er wie ein Fürst lebt. Wenn man zu nah an die Insel kommt, wird man gleich weggeschickt. Heutzutage ist das eine Zumutung. Vielleicht wissen Sie was über den Kerl, wie?« fügte er schlau hinzu. »Vielleicht wollen Sie ihm ein Bein stellen?«

»Sie würden sich wundern«, sagte Johnny lachend.

Er neigte fast dazu, Tom ins Vertrauen zu ziehen. Seine Aufgabe konnte er sich dadurch nur erleichtern.

Am liebsten hätte er es gleich getan, aber er hing allzu unangenehmen Gedanken nach. Er ärgerte sich über Cromwell, der ihm diesen sinnlosen Auftrag gegeben hatte. Was sollte dabei herauskommen? Nichts. Also konnte er Tom Wigley auch nichts erzählen.

Er hatte Rock Island zweimal umsegelt und die alte Abtei auf dem Berg genau betrachten können, aber von seiner Meinung, dass er hier nur Zeit verschwendete, konnte ihn nichts abbringen. Ironsides hatte manchmal eben auch schlechte Einfälle...

Mad Hatter's Rock war in gewisser Beziehung eine Ausnahmeerscheinung. Die Küste von Sussex in dieser Gegend war flach mit kaum nennenswerten Bodenerhebungen. Rock Island bestand dagegen fast nur aus Felsen. Die Insel ragte steil aus dem Wasser. Der Durchmesser betrug nicht mehr als eine halbe Meile. Bei Flut brandete das Meer an die hohen Klippen, bei Ebbe war die Insel von tiefem Schlick umgeben, der jede Annäherung unmöglich machte. Nirgends gab es festen Strand.

Sir Hugo Vaizey hatte trotz seines Reichtums die Natur nicht ganz besiegen können. Eine Landung auf der Insel war ebenso wie die Abfahrt nur zu bestimmten Zeiten möglich. Die höchste und steilste Klippe der Insel war dem Kanal zugewandt. Die alte Abtei war auf der geschützten Seite landwärts errichtet worden, so dass sie auf den eine Meile breiten Wasserstreifen hinaussah, der die Insel von Seaminster trennte. Diese Erhebung war nicht höher als fünfzehn Meter. Vaizey, der seinen Gästen beschwerliches Treppensteigen nicht zumuten wollte, hatte einen Lift installieren lassen. Am Fuß der Klippe gab es einen modernen Landungssteg, und der Lift führte durch den Fels nach oben. Selbst diese Einrichtung konnte jedoch bei Ebbe nicht benützt werden, weil der Schlick weit über den Landungssteg hinausführte.

Zumeist war Rock Island bei Tag still, bei Nacht stockfinster. Aber sobald Sir Hugo eine seiner berühmten Festlichkeiten gab, flimmerten überall farbige Lichter, und bei Flut brausten Motorboote über das Wasser.

»Hören Sie?«, sagte Johnny plötzlich.

Seine Stimmung verlangte nach Ablenkung. Er legte den Kopf zur Seite und lauschte angestrengt.

»Ein Motorboot«, murmelte Tom.

»Hören Sie es auch?«

»Halten Sie mich für taub?«

Das Geräusch schien von dem Moorland an der menschenleeren Küstenseite gegenüber Seaminster herzukommen, westlich von Melwater. Selbst bei Flut verirrten sich nur wenige Boote dorthin, weil es gefährliche Sandbänke und Strömungen gab.

»Da, schauen Sie!«, flüsterte Johnny.

Er konnte bereits etwas erkennen. Einen kleinen Fleck auf dem Wasser, so tiefliegend, dass nur scharfe Augen überhaupt etwas ausmachen konnten. Es war ein Boot, das von der Küste herkam - direkt auf die hohen Steilufer der Insel zuhaltend.

»Ich seh' nichts«, murmelte Tom.

»Holen Sie das Glas aus der Kabine.«

Tom war in einer halben Minute zurück. Johnny griff nach dem Fernglas und richtete es auf den kaum zu unterscheidenden Fleck. Er war näher gekommen, als er gedacht hatte. Es gab keinen Zweifel mehr, dass das kein gewöhnliches Motorboot war. Es hatte einen so niedrigen Aufbau, dass es kaum über die Wasserfläche ragte, und das Brummen des Motors war fast nicht zu hören.

»Da ist etwas faul, Tom«, flüsterte er. »Sieht schon besser aus. Warum fährt um diese Zeit ein Motorboot zur Insel?«

»Die Flut...«

»Ja, aber das Boot hält nicht auf den Landungssteg zu«, unterbrach ihn Johnny. »Es ist genau auf die Klippen ausgerichtet. Bald muss es hell werden. Verdammt, warum haben wir keinen Motor?«

»Der würde uns auch gar nichts nützen«, meinte Tom. »Das Boot da ist viel zu schnell.«

»Haben Sie es schon einmal gesehen?«

»Noch nie. Ich hab' gar nicht gewusst, dass es so ein Boot gibt. Sie interessieren sich also doch ernsthaft für die Insel.«

Johnny starrte wieder durch das Nachtglas.

»Genau auf die hohe Klippe zu«, murmelte er. »Gibt es auf der Seite nicht ein paar Höhlen? Ich hab' doch gehört...«

»Ja, eine oder zwei, und man kann sie nur mit dem Boot erreichen«, erwiderte Tom. »Bei Ebbe ist der Schlick zu tief. Es heißt ja, dass von einer Höhle aus ein Tunnel direkt in die Abtei führt, aber das ist vielleicht nur ein Märchen. Bevor Vaizey die Insel gekauft und die Abtei wieder auf gebaut hat, soll es dort Gespenster gegeben haben.«

Es war kein Wunder, dass Johnny das Boot kaum hatte erkennen können. Es handelte sich um eine Spezialkonstruktion. Das Boot, mit geschlossenem Aufbau, lag sehr tief im Wasser und war grau lackiert. Die Lampen waren nicht eingeschaltet.

Das Brummen verlor sich zu einem Wispern, als das Boot sich den Klippen der Insel näherte. Es hielt schnurgerade auf die kleinste von drei Höhlenöffnungen zu, die in der Düsternis als schwarze Flecken erschienen. Diese Öffnung wirkte so klein, dass sie keinerlei Zugang zu bieten schien. Das Boot glitt jedoch langsam hinein und verschwand.

Die Felsdecke stieg in der Höhle schräg an, und das Boot war kaum eingefahren, als auch schon ein Lichtstrahl durch die Dunkelheit stach. Eine Metallplatte wurde hochgeklappt, ein Mann tauchte auf.

»Vertäuen, Jim«, sagte er.

Zwei Männer standen auf einem Felsvorsprung in der Höhle. Das Boot wurde festgemacht, dann trug man den bewusstlosen Freddie Hollister auf einer Bahre an Land.

»Langsam, vorsichtig!«, warnte eine Stimme. »Nicht kippen. Er ist schwer krank.«

Die Männer auf dem Vorsprung übernahmen die Bahre. Der Mann auf dem Boot, in blauem Pullover und Mütze, sprach mit ausländischem Akzent.

»Vergesst nicht, was ich gesagt habe«, erklärte er. »Ganz vorsichtig die Treppe hinauftragen. Nicht anstoßen. Ich kehre sofort um, weil ich den Chef hole. Er wartet schon.«

»Bis Sie ihn herbringen, haben wir den jungen Mann schon untergebracht«, erwiderte einer der anderen. »Fertig, Ted?«

Sie trugen die Bahre bis zum Ende der Höhle. Hier reichte auch bei Flut das Wasser nicht ganz hinauf, weil der Fels steil anstieg, bis er scheinbar an der Rückwand der Höhle, wo sie sich fast zu einem Tunnel verengte, endete.

Jim, der vorausging, blieb stehen. Er schob seine Hand in eine Felsspalte und drehte sie kraftvoll. Nichts schien sich zu rühren. Als er die Hand zurückzog und weiterging, wurde erkennbar, dass er eine geheime Sperre gelöst haben musste. Er stemmte sich mit der Schulter gegen den Fels, und eine dicke, rechteckige Platte drehte sich nach innen. Die Tür selbst war von dem auslösenden Mechanismus ein gutes Stück entfernt, um größtmögliche Sicherheit zu bieten.

Die Bahre wurde hindurchgetragen und verschwand in der Dunkelheit dahinter. Die Felstür schloss sich langsam.

Fünfzehntes Kapitel

Nachdem die Tür zugefallen war, knackte es metallisch. An der Decke flammte eine elektrische Lampe auf. Eine in das Gestein gehauene Treppe wurde sichtbar.

Eigentlich handelte es sich mehr um einen steilen Tunnel, so steil, dass Stufen unumgänglich waren. Es waren breite, ausgetretene Stufen - Beweis dafür, dass die Treppe nicht nur schon sehr alt, sondern auch oft benutzt worden war.

Die beiden Männer bemühten sich, die Bahre möglichst im Gleichgewicht zu halten. Wenn sie eine Pause einlegten, setzten sie ihre Last vorsichtig ab. Sie wussten, was ihnen passieren würde, wenn dem Kranken etwas zustieß. Sir Hugo bezahlte gut, aber er konnte auch rücksichtslos sein, wenn jemand versagte.

Hinauf und hinauf immer weiter führte der Tunnel durch das Innere der Insel. Endlich hörten die Stufen auf, und der Tunnel wurde eben. Freddie Hollister hatte das Ziel seiner Reise erreicht.

Aus dem Felstunnel war ein in Stein gehauener Korridor mit gewölbter Decke geworden. An der einen Seite bestand die Wand aus massiven Steinblöcken, an der anderen zeigten sich immer wieder dunkle Öffnungen, manche mit schiefhängenden Türen versehen. Türen mit rostigen Metallbeschlägen. Türen von Verliesen.

Dieser Korridor lag unmittelbar unter der alten Abtei. Vor Hunderten von Jahren hatte man hier politische und andere Gefangene untergebracht.

Am Ende des Korridors trat ein Mann aus einem Eingang.

Er war klein und schäbig gekleidet. Zahlreiche Falten durchzogen sein Gesicht. Er hatte die merkwürdige Angewohnheit, seinen Kopf zur Seite zu neigen. Auf der Nase trug er einen Zwicker.

»Ah! Ihr habt ihn gebracht? Sehr gut!« Er ging auf die Männer mit der Bahre zu. »Ich hatte Geräusche gehört. Bringt ihn herein. Alles ist vorbereitet. Hm! Hm! Sieht aber nicht gut aus.«

»Vielleicht tragen Sie ihn mal ein Stückchen, Doc«, meinte einer der Männer. »Wir haben ihn ganz vorsichtig behandelt.«

Der alte Mann, niemand anders als der einstmals berühmte Gesellschaftsarzt Dr. Serge Batterby, hastete den Männern nach, als sie die Bahre in das letzte Verlies im Korridor trugen. Der Raum war hell erleuchtet, gut geheizt und mit einem weichen Bett für den Patienten ausgestattet. Die Wände hatte man mit Vorhängen abgedeckt. An der Wand, dem Bett gegenüber, stand ein langer Tisch, auf dem Dr. Batterbys Gerätschaften lagen. Dr. Batterby hatte seit dreizehn Jahren keinen Patienten mehr behandeln dürfen. Damals war ihm wegen *standesunwürdigen Verhaltens* die Zulassung entzogen worden. Die Öffentlichkeit hatte Dr. Batterby längst vergessen. Nicht so Sir Hugo Vaizey.

»Hm! Aha! Er scheint es doch ganz gut überstanden zu haben«, murmelte der kleine Mann, als er mit seiner Untersuchung begann. »Ich brauche Unterstützung. Wir müssen ihn ins Bett schaffen. Vorsichtig, ja... Vorsicht!«

Selbst bei Sir Alistair wäre Freddie nicht besser behandelt worden. Dr. Batterby verstand sich nach wie vor auf seinen Beruf. Nachdem er den Patienten gründlich untersucht hatte, schüttelte er den Kopf.

»Es war Wahnsinn, ihn fortzuschaffen«, murmelte er. »Reiner Unfug, ihn diesen Strapazen zu unterwerfen. Schlimm. Sehr schlimm.«

»Glauben Sie, dass er es nicht übersteht, Doc?«

»Ich weiß es nicht. Durchaus möglich. Hoffentlich erholt er sich. Der junge Mann ist in miserabler Verfassung. Es würde mich nicht wundern, wenn er nie mehr zu sich käme.« Er hob die Schultern. »Andererseits können die Strapazen des Transports natürlich auch dazu beitragen, dass er früher sein Bewusstsein wiedererlangt. Der Puls ist nicht besonders kräftig... Gefällt mir gar nicht.«

Sergeant Lister und Tom Wigley hielten inzwischen an Bord der *Lily Belle* angestrengt Umschau. Die Jolle war inzwischen von der Strömung abgetrieben worden. Johnny, beobachtete Mad Hatter's Rock durch das Fernglas.

»Noch nichts zu sehen«, sagte er. »Sehr merkwürdig - Ich könnte beschwören, dass das Boot in einer von den Höhlen verschwunden ist. Was geht da wohl vor? Glauben Sie, dass die Leute schmuggeln?«

»Kann sein«, brummte Tom. »Ich frage mich nur, was einer vom Moorland zur Insel schmuggeln will.«

»Richtig«, sagte Johnny. »Schmuggel scheidet aus. Wenn ich... Moment mal! Ich glaube, ich sehe etwas.«

Er hielt sich fest und starrte angestrengt durch das Glas. Ja, das niedrige Motorboot befand sich auf dem Rückweg zum Festland. Diesmal musste es in größerer Nähe vorbeikommen, weil die Jolle abgetrieben worden war. Nach kurzer Zeit konnte Johnny das Boot deutlich sehen, und er entdeckte auch noch etwas anderes.

»Menschenskind!«, flüsterte er erschrocken. »Es kommt hierher!«

»Zu uns?«

»Natürlich«, flüsterte Johnny. »Die Kerle haben Verdacht geschöpft. Schnell, Tom! Helfen Sie mir mit dem Anker!«

Sie brauchten nur eine Minute, um den Anker über Bord zu hieven, damit der Eindruck erweckt wurde, die *Lily Belle* habe hier festgemacht.

»Sie werden uns aus der Nähe begucken, aber nichts finden«, zischte Johnny. »Das Wasser macht Ihnen doch nichts aus?«

Er war überzeugt davon, dass die geheimnisvollen Vorgänge mit dem Fall Traviston zusammenhingen - und dass die Beauftragten Sir Hugo Vaizeys an Bord der Jolle kommen würden. Sergeant Lister war offiziell tot. Seine Maske mochte zwar Fremde täuschen, aber bei näherer Betrachtung genügte sie nicht.

Das Motorboot kam von Steuerbord her vorsichtig heran. Johnny und Tom Wigley ließen sich auf der anderen Seite lautlos ins Wasser gleiten.

Sechzehntes Kapitel

Mit abgestelltem Motor trieb das Motorboot langsam heran. Der Mann im Cockpit war vorsichtig. Er zeigte sich erst, als er fast längsseits der Jolle war.

»Ahoi!«, rief er.

Er starrte argwöhnisch in die Jolle, aber dort war niemand zu sehen. Der Mann murmelte seinem Begleiter etwas zu, warf ein Tau hinüber und band das Motorboot an der Jolle fest.

Der Mann mit dem blauen Pullover beugte sich hinüber.

»Ist jemand an Bord?«, fragte er laut.

Keine Antwort...

Johnny Lister und Wigley, auf der anderen Seite des Bootes im Wasser, hörten die Stimme ganz deutlich. Sie duckten sich noch tiefer.

Ein zweiter Mann tauchte aus dem Motorboot auf.

»Eigenartig, Janssen«, sagte er leise. »Das ist die Jolle, die sich gestern bei der Insel herumgetrieben hat. Wir dachten an Touristen. Aber was hat sie nachts hier zu schaffen?«

»Urlauber!«, sagte der Mann im blauen Pullover verächtlich. »Die kommen doch auf die unmöglichsten Ideen! Da, der Anker liegt im Schlick. Vielleicht schlafen die Leute in der Kabine. Und die Segel sind nicht abgetakelt!« Er spuckte ins Wasser. »Urlauber!«

»Steig lieber hinüber und schau nach«, meinte der andere. »Du musst eben irgendeine Ausrede gebrauchen. Wir müssen erfahren, wer das ist.«

»Hoffentlich nicht!« hauchte Johnny.

Auf Deck tappten Schritte. Tom Wigley wollte etwas sagen, aber Johnny schüttelte hastig den Kopf. Nur ein Mann war an Bord gegangen; der andere stand immer noch im Motorboot. Wieder Schritte. Janssen hatte seinen Rundgang beendet, aber bevor er auf sein Motorboot zurückkehrte, schaute er noch einmal über die Bordwand. Er entdeckte nichts. Johnny und Wigley waren rechtzeitig untergetaucht.

»Die Mühe hätten wir uns sparen können«, sagte Janssen zu seinem Begleiter, als er auf das Motorboot zurückgeklettert war. »Kein Mensch an Bord. Die Narren verankern die Jolle über Nacht hier draußen und rudern zur Küste zurück! Fahren wir weiter.«

»Glaubst du, dass wir keine Bedenken zu haben brauchen?«

»Keine Spur, das sind Amateursegler«, sagte Janssen.

Kurz danach brummte das Motorboot davon, auf das Festland zu. Johnnys Herz schlug ein wenig schneller als sonst, während er wieder in die Jolle kletterte.

Er starrte dem Motorboot nach.

»Wenn sie nicht etwas Übles im Schilde führten, hätten sie sich nicht so für die Jolle interessiert«, murmelte er. »Jetzt wird es langsam Zeit, dass du dich umtust, Johnny.«

Als Wigley an Bord kroch, sah er erstaunt, dass sich Johnny entkleidet hatte.

»Wozu denn das?«, fragte er.

»Ich gehe nur ein bisschen schwimmen«, erwiderte Johnny.

»Machen Sie keine Witze mit mir«, sagte Tom. »Wenn sich etwas tut, will ich auch dabei sein! Die Kerle wären nicht an Bord gekommen, wenn sie etwas Ehrliches im Sinn hätten.«

»Kennen Sie sie denn?«

»Nicht näher. Ich kenne aber die Stimme von dem Burschen, der an Bord gekommen ist«, erwiderte Tom Wigley. »Das ist auch so ein Ausländer. Er heißt Janssen und ist oft in Seaminster. Er arbeitet für diesen Vaizey.«

»Mehr wollte ich nicht wissen«, sagte Johnny. »Ich sage Ihnen, was Sie tun werden, Tom. Sie ziehen die nassen Sachen aus, wickeln sich in die Decke und schlafen.«

»Wieso?«

»Ich komme wieder.«

Johnny war nicht geneigt, Erklärungen abzugeben. Bevor Tom Wigley weitere Fragen stellen konnte, war der Kriminalsergeant ins Wasser gesprungen und schwamm auf die Insel zu.

Er war fest entschlossen, sich die Höhlen genauer anzusehen, solange günstige Flutverhältnisse herrschten. Er wusste, dass sich vermutlich keine zweite Gelegenheit bieten würde. Bei Tageslicht konnte man nicht heran, und bis morgen Abend würde vermutlich starker Wind aufkommen.

Eine Stunde lang würde wohl noch volle Dunkelheit herrschen. Zusätzlich herrschte leichter Nebel, den Johnny ebenfalls als Deckung zu nutzen gedachte.

Lister war ein guter Schwimmer. Mit gleichmäßigen Bewegungen durchmaß er das Wasser. Er schien ganz allein auf der Welt zu sein. Aber nicht lange.

Plötzlich hörte er ein Klatschen hinter sich. Sein Herz krampfte sich zusammen. Er erstarrte.

»Nur weiter!« drang eine vertraute Stimme zu ihm.

»Um Gottes willen!« japste Johnny. »Tom!«

»An wen haben Sie denn gedacht?«

»Aber was...? Wie...? Wer hat Ihnen gesagt, dass Sie mir folgen sollen?«, keuchte Johnny. »Sie haben ja keine Ahnung, Tom! Mir geht es nicht nur ums Schwimmen.«

»Nein, Sie wollen zur Insel«, erwiderte Tom.

»Sie können aber nicht mitkommen«, mahnte Lister. »Das schaffen Sie nicht. Sie ertrinken.«

»Keine Spur. Ich bin der beste Schwimmer von der ganzen Gegend, sonst hätte ich Sie ja auch nicht einholen können.«

Johnny atmete tief ein. Plötzlich begann er zu grinsen.

»In Ordnung, Tom!«, sagte er. »Wir versuchen es gemeinsam. Wenn wir zur Jolle zurückkommen, erzähle ich Ihnen, weshalb ich eigentlich hier bin.«

»Ich bin nicht so dumm, wie ich aussehe«, gab Tom zurück. »Ich habe gleich gewusst, dass Sie für diesen Vaizey nichts übrig haben. Wenn Sie Trevor heißen, fress' ich 'nen Besen!«

Das Motorboot glitt durch einen überwachsenen Kanal zwischen dichtem Schilf. Die Küste war hier völlig unbewohnt; es gab nur Moor und weit und breit kein Haus.

Der Kanal konnte nur bei Flut befahren werden. Mit gedrosseltem Motor tuckerte das Boot auf einen kleinen Landungssteg zu, neben dem ein Bootshaus stand. Es war ein ungewöhnlich stabiles Bootshaus, aus Ziegeln und mit schweren Eichentüren.

Auf dem Steg standen zwei Männer, vage Schatten im Dunkel. In der Ferne verklang das Motorengeräusch eines Autos. Das ganze Land hier gehörte Sir Hugo Vaizey.

Er selbst stand auf dem Steg, zusammen mit Colonel Petherton-Charters.

»Sie kommen spät«, sagte Sir Hugo knapp, als Janssen aus dem Motorboot auftauchte.

Sir Hugo und Fruity kletterten in das Boot. Es wendete auf dem Kanal und fuhr surrend wieder zum Meer zurück.

Der Colonel konnte der Unterhaltung zwischen Sir Hugo und Janssen nicht folgen, weil er nicht Deutsch konnte. Sie saßen zu dritt in einer warmen, gemütlichen Kabine, in der elektrisches Licht brannte, die Sitze gepolstert waren und sogar ein kleiner Tisch existierte. Der Steuermann befand sich in einem eigenen Cockpit.

»Alles ist ordnungsgemäß verlaufen, Fruity«, sagte Vaizey. »Janssen berichtet mir, dass unser Patient sicher zur Insel gebracht wurde.«

»Freut mich«, meinte Fruity. »Ich hätte schon das Schlimmste befürchtet.«

»Sie meinen wegen der Verzögerung?«, sagte Sir Hugo lächelnd. »Das war harmlos. Janssen hat mich informiert. Tölpelhafte Urlauber haben draußen in der Bucht eine Jolle verankert. Nicht sehr weit von der Insel entfernt. Janssen war aber sehr gründlich. Auf dem Rückweg hat er halt gemacht, um sich das Boot anzusehen. Kein Mensch ist an Bord, und der Verdacht, dass sich dort ein Spion...«

»Ein Spion!«, rief Fruity entsetzt. »Gott bewahre!«

»Ja, das wäre sehr unerfreulich gewesen, wenn man sich überlegt, was heute Nacht unternommen wurde«, erklärte Sir Hugo lachend. »Aber wir haben nichts zu befürchten, Fruity. Gar nichts.«

Inzwischen glitten zwei entschlossene Schwimmer durch das nachtdunkle Wasser unter dem Steilufer der Insel. Sie näherten sich den Höhlen. Johnnys scharfer Blick entdeckte, dass es drei dunkle Öffnungen gab. Die Höhle links mit der großen Öffnung schien die brauchbarste zu sein. Er schwamm darauf zu. Tom Wigley folgte ihm.

»Nur langsam«, flüsterte Johnny. »Wer weiß, was wir vor uns haben. Es ist pechschwarz dort.«

Das war schnell geändert. Johnny zog eine kleine, wasserdichte Taschenlampe aus dem Gürtel und knipste sie an. Ein dünner Lichtstrahl tanzte durch das Innere der Höhle, und Johnny erkannte auf den ersten Blick, dass sie hier nur ihre Zeit vergeudeten. Die Höhle war so klein, dass die Rückwand nur zwei Meter vom Eingang entfernt war. An den Wänden wuchs Tang.

»Das ist nicht die richtige«, meinte Tom. »Hier könnte auch kein Boot Unterkommen. Das Wasser ist nicht tief genug.«

Sie schwammen hinaus und kamen an die niedrige Öffnung der mittleren Höhle. Die nächste Höhle schien bedeutungsvoller zu sein, aber Johnny wollte nichts unversucht lassen. Mit wenigen Schwimmzügen gelangte er durch die Öffnung.

»Sieht schon besser aus«, meinte er kurze Zeit später. »Die Höhle ist größer, als man von außen meint - und sie zieht sich weit ins Innere. Das Wasser ist tief.«

»Vielleicht sollten wir uns mal genauer umsehen.«

Sie zogen sich aus dem Wasser und kletterten auf einen Felsvorsprung, der wie ein Landungssteg aussah. Johnny ließ den Lichtstrahl durch die Höhle wandern.

»Auch nichts!«, sagte er enttäuscht. »Kein Tang, aber hier scheint nie ein Mensch gewesen zu sein. Keine Felsspalten, keine Öffnungen in der Decke. Eine ganz gewöhnliche Höhle.«

Sie schritten ans Ende der Höhle, wo der Boden steil anstieg. Auch hier nirgends eine Öffnung. Johnny untersuchte den Boden auf Fußspuren oder Feuchtigkeit. Der Fels zeigte nichts. Als er sich Tom Wigley zuwandte, sah er, dass der Fischer argwöhnisch schnupperte.

»Was haben Sie denn?«

»Riecht komisch, nicht?«, meinte Tom. »Tang ist es nicht, weil hier keiner wächst.«

Johnny schnupperte ebenfalls.

»Donnerwetter!«, sagte er nach einiger Zeit.

»Kapiert?«

»Auspuffgase, kein Zweifel«, sagte Johnny aufgeregt. »Meinten Sie das, Tom?«

»Natürlich. Benzingeruch, fast wie bei einem Rennmotor. In Seaminster gibt es ab und zu Autorennen.«

»Dann ist das Motorboot also hier gewesen«, erklärte Johnny. »Aber wozu? Es gibt ja keinen zweiten Ausgang. Oder doch?«

»Mir ist noch keiner aufgefallen.«

»Das ist es eben. Wenn man ihn so ohne weiteres bemerken könnte, hätte er ja wenig Sinn. Haben Sie nicht von einem Tunnel gesprochen, der in die alte Abtei hinaufführen soll?«

Tom Wigley kratzte sich am Kinn.

»Ich halte von diesem Märchen nicht viel«, erwiderte er. »Die meisten Leute behaupten, dass in unserer Gegend kaum geschmuggelt worden ist.«

Johnny hörte kaum zu. Er untersuchte die Wände von neuem. Nach zehn Minuten musste er zugeben, dass sie undurchdringlich waren.

»Wir sehen am besten in der dritten Höhle nach«, schlug er vor. »Hier verschwenden wir nur Zeit. Vielleicht sind die Abgase durch einen winzigen Spalt hereingedrungen.«

Er steckte seine Taschenlampe in den Gürtel, dann stiegen sie wieder ins kühle Wasser. Seite an Seite erreichten sie den Eingang, aber Johnny sah als erster die dunklen Umrisse, die auf sie zukamen. Es war das Motorboot, das direkt auf den Eingang der Höhle zusteuerte!

»Zurück, Tom - zurück!«, zischte Johnny.

»Das kann uns teuer zu stehen kommen...«

Tom verstummte. Er hatte das herannahende Motorboot entdeckt. Wenn sie zu entkommen versuchten, mussten sie entdeckt werden. Der Rückzug in die kleine Höhle bot die einzige Chance - und das Motorboot folgte!

Siebzehntes Kapitel

»Wir sitzen in der Patsche, Tom«, flüsterte Johnny und packte den alten Fischer beim Arm. »Wie in einer Mausefalle! In zwei Minuten werden wir wissen, wie einer Maus zumute ist.«

»Ihre Augen sind also doch nicht so gut«, meinte Tom. »Kommen Sie mit. Noch sind wir nicht geschlagen.«

Johnny konnte sich nicht erinnern, in der Höhle ein brauchbares Versteck gesehen zu haben. Es gab nicht einmal Nischen.

»Hierher.«

Es ging um Bruchteile von Sekunden. In diesem Augenblick tauchte der Bug des Motorboots in der Höhlenöffnung auf. Die Luft dröhnte. Johnny wurde nach hinten gezerrt. Plötzlich begriff er. Ein Teil des Felsvorsprungs hing über. Darunter hatte sich eine Höhlung gebildet, in der sie sich verbergen konnten. Zum zweiten Mal in dieser Nacht steckten sie bis zu den Nasen im Wasser.

Das Boot glitt herein und kam wenige Meter von Johnnys und Toms Versteck zum Stehen. Licht glomm auf. Die beiden Schwimmer befanden sich jedoch im Schatten.

»Das genügt«, tönte eine kultivierte Männerstimme.

Tom Wigley zuckte zusammen. Diese Stimme hatte er schon gehört. Er wusste, wer das war.

Sir Hugo Vaizey.

»Sie kehren am besten gleich um, Janssen«, fuhr die Stimme fort. »Es wird bald hell werden. Man darf das Boot nicht sehen. Schaffen Sie es ins Bootshaus und kehren Sie nach Melwater zurück. Sie kommen mit.«

Die letzten Worte galten offenbar einem anderen Mann. Janssen gab einen bestätigenden Knurrlaut von sich, der Motor begann wieder zu brummen, und das Boot glitt rückwärts aus der Höhle.

Johnnys Gedanken überstürzten sich.

Der Mann im Motorboot musste auf die Höhlenöffnung achten, das stand außer Zweifel. Johnny setzte alles auf eine Karte. Er stemmte sich hoch, so dass er über die Felskante sehen konnte. Er entdeckte zwei Männer, die ihm den Rücken zuwandten. Der eine trug eine kleine Lampe, so dass man nur den Umriss ihrer Gestalten sehen konnte. Der andere Mann schien in einen Felsspalt zu greifen.

Aber darauf achtete Johnny kaum. Seine Aufmerksamkeit galt ganz der Felswand am Ende der Höhle. Dort bewegte sich etwas. Eine Tür! Augenblicke später waren die beiden Männer verschwunden. Johnny tauchte wieder unter. Er hörte einen dumpfen Laut. Das Motorboot war verschwunden.

»Donnerwetter!«, flüsterte Johnny.

»Da haben Sie aber allerhand riskiert«, meinte Tom Wigley mahnend. »Wenn man Sie gesehen hätte...«

»Man hat aber nicht«, erwiderte Johnny. »Ich musste unbedingt wissen, was die beiden Männer machten. Sie sind verschwunden - und entweder bin ich verrückt, oder...«

»Der eine war dieser Vaizey.«

»Klar. Wissen Sie, was er gemacht hat, Tom?«, sagte der Sergeant. »Er ist mitten durch die Felswand marschiert! Nicht zu glauben! Eine Geheimtür. Und wohin führt die?«

»Na, zum...«

»Warten Sie, ich weiß es auch«, unterbrach ihn Johnny. »Sie führt zu dem alten Tunnel, der die Höhle mit der Abtei verbindet. Im Augenblick frage ich mich nur das eine: Wenn das Motorboot bei der zweiten Fahrt Vaizey nebst Begleitung gebracht hat, wen schaffte es dann beim ersten Mal her?«

»Ah«, sagte Tom Wigley.

»Wir kehren jetzt um, solange die Luft rein ist«, fuhr Johnny fort. »Um die Geheimtür können wir uns nicht mehr kümmern, weil es bald hell wird. Hoffentlich erreichen wir das Boot noch im Dunkeln. Vielleicht hält sich der Nebel.«

Sie glitten ins Wasser und schwammen vorsichtig hinaus. Die Nacht war fast vorbei; am Horizont zeigten sich helle Streifen. Über dem Wasser lag leichter Nebel, den Johnny dankbar begrüßte.

»Und jetzt schnell zum nächsten Telefon, Tom«, sagte Johnny, als sie auf die *Lily Belle* zu schwammen.

Zwei erschöpfte Männer stiegen in den frühen Morgenstunden in der Victoria Street aus einem Polizeiauto.

»Bevor wir zum Yard weiterfahren und Bericht erstatten, trinken wir einen Schluck«, sagte Bill Cromwell gähnend. »Kommen Sie mit rein, Hodgson?«

»Gern«, sagte Kriminalsergeant Hodgson. »Einen Whisky kann ich gut vertragen.«

Sie stiegen stumm die Treppe hinauf. Der Chefinspektor war missgestimmt und bedrückt. Die Nacht hatte sich endlos hingezogen, ohne einen sichtbaren Erfolg zu bringen.

Hodgson, dick, langsam und pedantisch, war durch die vorübergehende Zusammenarbeit mit dem unorthodoxen Chefinspektor ein wenig aus dem Gleichgewicht geraten. Brummend ließ er sich oben in einen Sessel sinken. Cromwell reichte ihm ein gefülltes Glas.

»Keine brauchbare Spur«, meinte er mürrisch. »Daran hängt alles, Ironsides. Kein Hinweis, gar nichts. Wir werden wohl nie erfahren, was aus Lord Traviston geworden ist, nachdem man ihn aus dem Krankenwagen herausgeholt hat.«

»Lord Traviston?«

»Das ist er doch jetzt, nicht wahr?«

»Stimmt, aber wir nennen ihn trotzdem weiterhin Freddie Hollister, damit es keine Irrtümer gibt«, meinte Ironsides. »Und Pessimismus hilft uns auch nicht weiter. Wenn Sie ein paar Stunden geschlafen haben...«

»Das nützt bei mir auch nichts«, sagte der Sergeant düster. »Wenn ich aufwache, fängt ja das Kopfzerbrechen gleich wieder an. Ich komme mir immer vor wie in der Schule, vor einem schweren Examen. Sie werden ja wissen, wie das ist. Sie - ach was!« Er seufzte. »Sie haben sich bestimmt irgendwie durchgeschwindelt.«

»Sie haben ja eine nette Meinung von mir«, erwiderte Cromwell erstaunt. »Noch ein Schluck? Vielleicht erfahren wir im Yard etwas Neues. Eines steht jedenfalls fest: Freddie wurde mit einem Auto weggebracht.«

»Nicht einmal das wissen wir genau«, widersprach Hodgson.

»Wir haben Ölspuren gefunden«, erinnerte ihn Cromwell.

»Richtig, das hatte ich vergessen. Na und? Ein Auto! Es gibt ja nur ein paar bei uns«, erklärte der Sergeant unwirsch.

»Ich gebe zu, dass es nicht sehr hoffnungsvoll aussieht«, brummte Cromwell. »In der Pelican Mews hatten wir auch kein Glück.«

Sergeant Hodgson schnitt eine Grimasse.

»Das kann uns Kopf und Kragen kosten, Ironsides«, sagte er nervös. »Warten Sie nur, bis der Chef davon erfährt. Es kann durchaus sein, dass Mason und Streeter Johnny Lister in die Themse geworfen haben, aber wie wollen wir das beweisen? Wenn wir in ihrer Wohnung wenigstens etwas Belastendes gefunden hätten! Aber keine Spur. Ich darf gar nicht daran denken, wie mir zumute war, als Sie mit einem Nachschlüssel...!« Hodgson schüttelte den Kopf. »Nur gut, dass die Wohnung leer war. Es nützt uns auch nichts, wenn Sie sagen, Masons und Streeters Verschwinden sei bedeutungsvoll.«

»Kopf hoch«, sagte Ironsides augenzwinkernd. »Ich übernehme die Verantwortung. Das war eben ein inoffizieller Besuch...«

»Inoffiziell ist gut! In meinem Bericht muss ich es erwähnen. Sie doch auch, oder? Wenn es dem Chef nicht passt, kann ich ihm auch nicht helfen.«

»Sagen Sie, was Sie wollen«, meinte Cromwell, der wieder ernst geworden war, »ich weiß verdammt genau, dass Mason und Streeter Lord Traviston umgebracht haben. Ich hatte gehofft, eine Hintertür zu finden, die das Haus mit Wyvern Lodge verbindet. Wenn ich ganz ehrlich sein soll...«

»Das geht aber wirklich zu weit, Ironsides«, protestierte Hodgson. »Ich kann noch akzeptieren, was Sie über Mason und seinen Kumpan sagen, aber jetzt behaupten Sie, dass auch Sir Hugo Vaizey mit dem Mord zu tun hat!«

»Nicht nur zu tun hat!«, erwiderte Cromwell. »Er hat ihn veranlasst. Colonel Petherton-Charters und Bruce Aldrich sind auch beteiligt.«

»Ich möchte nicht gerade sagen, dass Sie verrückt sind; denn ich hoffe, Sie spendieren mir noch einen Drink«, meinte der Sergeant. »Colonel Petherton-Charters und Bruce Aldrich sind reiche, geachtete Männer mit enormem Einfluss, und überdies Lord Travistons engste Freunde. Eine Stunde, bevor er umgebracht wurde, saßen sie noch in seinem Haus beim Essen.«

»Und Johnny Lister wurde überfallen, als er Vaizeys Haus beobachtete, das steht fest«, sagte der Chefinspektor. »Diese Leute sind raffinierter, als ich angenommen habe. Ich wollte Vaizey zu übereiltem Vorgehen veranlassen, aber er hat den Spieß umgedreht. Während ich in der Wimpole Street war, fand der eigentliche Überfall in Hampstead statt.«

»Hoffentlich haben Sie recht, Ironsides«, meinte Sergeant Hodgson unsicher. »Ich habe mich um Vaizey, Petherton-Charters und Aldrich gekümmert. Als der Überfall stattfand, saßen alle drei im Nachtclub *Paradies*. Ein todsicheres Alibi.«

»Dass ich nicht lache! Dass Vaizey und seine Kollegen für ein Alibi sorgen würden, war doch klar...«

Cromwell wurde vom Läuten des Telefons unterbrochen. Hodgson sah ihn scharf an und grinste plötzlich.

»Die Zaungäste sind wir ja los«, meinte er.

Ironsides nickte und nahm den Hörer ab.

»Habe ich dich aus dem Bett geholt?«, fragte eine vertraute Stimme.

»Was soll denn das...? Warum rufst du an? Ich habe dir doch ausdrücklich...«

»Deine Stimme klingt recht mürrisch.«

»Kein Wunder. Sie haben Freddie.«

»Sie haben...! Sag das noch mal, Old Iron. Was heißt, sie haben ihn?«

»Freddie ist zwischen zwei und drei Uhr morgens aus McCraes Haus entführt worden. Man hat ihn mit einem Krankenwagen weggeschafft. Es gibt nicht die geringste Spur.«

»Kopf hoch, Ironsides«, sagte Johnny Lister. »Du hast ja immer noch mich. Wenn es sonst keine Probleme gibt, kann ich dir helfen. Ich weiß, wo Freddie ist.«

»Du weißt - was?«, schrie Cromwell.

»Mach das Telefon nicht kaputt. Im Ernst, Ironsides. Kann ich sprechen?«

»Nur zu. Heraus mit der Sprache«, sagte Cromwell.

Lister berichtete in knappen Worten von seinem Erlebnis in der Bucht von Melwater. Cromwell schien aufzuleben.

»Du hast recht, Johnny, kein Zweifel«, sagte er. »Für die Höhle und die Geheimtür gibt es keine andere Erklärung. Pass auf, Johnny. Du musst vorsichtig sein. Lass dich in der Jolle nicht mehr erwischen.«

»Tom Wigley ist aber noch an Bord.«

»Umso besser. Er stammt aus der Gegend. Kein Mensch wird ihn verdächtigen. Du wohnst im *Fisherman's Arms* in Seaminster, nicht wahr?«

»Ja.«

»Dann bleib dort. Verstanden? Bleib im Hotel, mein Junge. Ich komme hin. Die genaue Zeit kann ich noch nicht sagen. Du musst auf deinen Onkel Bill warten. Sag dem Besitzer Bescheid, dass er kommt.«

»Verstanden, Onkel Bill«, sagte Johnny. »Ich soll nichts unternehmen, bis du hier bist. Ich habe also die ganze Arbeit gemacht, und du kassierst ein.«

»Wir müssen doppelt vorsichtig sein, sonst finden wir Freddie nicht lebendig«, gab Cromwell grimmig zurück.

Er legte auf. Sergeant Hodgson starrte ihn fasziniert an.

»Wir haben die Spur wieder, Hodgson«, sagte Cromwell, bevor der Sergeant etwas sagen konnte. »Nur gut, dass Hollister erst in ein, zwei Tagen zu sich kommen wird. Sobald ihn Vaizey zum Sprechen gezwungen hat, wird er beseitigt. Wir haben Zeit, uns einen Plan zu überlegen.«

»Wenn Sie mir erzählen würden, wovon Sie eigentlich reden, wäre das alles verständlicher«, beschwerte sich Hodgson.

Cromwell ging unruhig hin und her.

»Ich hatte recht. Ich wusste es ja. Vaizey ist der Anführer.

Er hat Freddie auf Rock Island in der Bucht von Melwater gebracht.«

Hodgson riss Mund und Augen auf.

»Rock Island! Bucht von Melwater! Was, zum...«

»Stottern Sie nicht!«, knurrte Ironsides. »Das kann ich nicht vertragen.«

»Wollen Sie mir erzählen, dass Sie den jungen Lister hingeschickt haben?«, fragte Hodgson. »Dass Sie vermutet haben, man werde Freddie auf die Insel bringen...«

»Nein. So weitsichtig bin ich auch nicht«, unterbrach ihn Cromwell. »Sagen wir lieber, es war ein glücklicher Zufall.«
Er schilderte Hodgson die Einzelheiten...
»Glücklicher Zufall!« schnaubte der Sergeant. »War das nicht Ihre Idee, Johnny zu maskieren und ihn zur Insel zu schicken? Da sieht man wieder, was in Ihrem Gehirn alles vorgeht.« Er seufzte. »So möchte ich auch arbeiten können. Sie scheren sich den Teufel was um Vorschriften. Wie Ihnen das durchgeht, weiß ich nicht. Aber in diesem Fall sieht es immer gleich aus. Verdachtsmomente genug, aber keine Beweise.«
Ironsides sah ihn an.
»Was haben wir denn?«, fuhr Hodgson fort. »Johnny sieht ein Motorboot in eine Höhle fahren. Na und? Ist das verboten? Die Höhle ist auf Rock Island, und die Insel gehört Sir Hugo Vaizey. Vaizey erscheint persönlich und verschwindet in der Höhle... Alles sehr verdächtig, gewiss, aber wenn Johnny gesehen hätte, wie man Freddie durch die Geheimtür schaffte, bekämen wir Haftbefehle genug. So sind Sie hilflos.«
»Das denken Sie«, meinte Bill Cromwell.

Achtzehntes Kapitel

Sir Hugo Vaizey blickte zufrieden auf die sonnenbeschienene Bucht hinaus und gönnte auch den weißen Häusern von Seaminster einen Blick. Es war ein herrlicher Tag. Der Herr von Rock Island fühlte sich wohl.

Alles lief nach Wunsch. Die Morgenzeitungen mit ihren Berichten über die sensationelle Entführung Freddie Hollisters hatten Sir Hugo beim Frühstück Belustigung verschafft. Geheime Berichte Masons steigerten sein Selbstbewusstsein. Er wusste genau, dass Scotland Yard ratlos war.

Auf der breiten Terrasse vor der Easton Old Abbey ließ es sich gemütlich aushalten. Er lehnte an der weißen Brüstung und konnte auf den Landungssteg hinunterschauen. Es herrschte Ebbe; die weiten Schlickflächen sahen nicht sehr einladend aus. Aber sie verliehen Sir Hugo auch ein Gefühl der Isolierung, der Unangreifbarkeit.

Er drehte sich um und betrat durch die hohen Glastüren seine Bibliothek. Er drückte auf einen Klingelknopf. Wenig später erschien Voules, der Butler.

»Sie haben geläutet, Sir?«

»Ja, Voules. Ich habe wichtige Arbeiten zu erledigen und möchte mindestens eine Stunde nicht gestört werden«, erklärte Sir Hugo. »Ich stelle das Telefon zum Arbeitszimmer durch. Wenn angerufen wird, können Sie selbst abnehmen.«

»Sehr wohl, Sir.«

Der Butler zog sich würdevoll zurück. Sir Hugo wusste, dass er in der nächsten Stunde nicht belästigt werden würde. Die Anweisungen des Hausherrn wurden streng beachtet. Nichts sprach dagegen, die hohen Glastüren offenzulassen, denn die Terrasse war nur durch die Bibliothek zu erreichen.

Vaizey schaltete das Telefon um und sperrte die Tür ab. Dann schloss er die Fenster.

Übrigens waren der Butler, die Haushälterin und das gesamte Personal von Easton Old Abbey ehrliche Leute, die von Sir Hugos verborgenen Unternehmungen nichts ahnten. Sie hielten Vaizey für einen reichen Geschäftsmann mit strengen Anschauungen. Man billigte ihm eine gewisse Exzentrizität zu, denn er zahlte gute Löhne.

Die Bibliothek war einst die Kapelle der Abtei gewesen. Das Dach mit den schweren, massiven Tragbalken existierte noch, aber alles andere hatte man umgebaut und modernisiert. Nur ein Teil der Mauer, am Ende des Raums, war im ursprünglichen Zustand verblieben. In einer Nische stand eine Heiligenfigur. Die Täfelung endete vor der Nische, denn Vaizey hatte Anweisung gegeben, den Heiligen nicht zu belästigen.

Dafür gab es einen Grund.

Sir Hugo trat auf die Nische zu, stieg hinein und schien den Heiligen zu umarmen. In Wirklichkeit drehte er die Figur. An der Rückseite der Nische öffnete sich eine Tür, durch die Sir Hugo verschwand.

Sir Hugo betätigte einen Schalter. Licht flammte auf. Vor ihm führte eine schmale Steintreppe nach unten. Er stieg hastig hinunter. Es war eine Wendeltreppe, wie es sie in Kirchtürmen gibt. Unten erstreckte sich ein schmales Gewölbe, durch das man den breiten Korridor mit den

Verliesen erreichte. Vaizey betrat den ersten Raum zu seiner Linken. Dort roch es nach antiseptischen Mitteln.

»Irgendeine Veränderung, Doktor?«, fragte er.

Dr. Batterby, der sich gerade um seinen Patienten kümmerte, stand auf.

»Nicht der Rede wert«, erwiderte er leise. »Lamson berichtet, dass sich der Patient ein- oder zweimal bewegt hat, aber das besagt nichts. Der Puls ist kräftiger geworden, und die zugeführte Nahrung scheint sich auszuwirken.«

»Die Reise hat also keine dauernden Folgen hinterlassen?«

»Schwer zu beantworten«, meinte der Arzt. »Der junge Mann ist unzweifelhaft sehr kräftig und wehrt sich verzweifelt. Es kann aber Tage dauern, bis er zu Bewusstsein kommt. Selbst dann wird er nicht klar denken können. Wie es mit seinem Erinnerungsvermögen aussehen wird, lässt sich überhaupt nicht beurteilen. Prophezeiungen in solchen Fällen sind praktisch unmöglich. Ich kann nur sagen, dass die Operationswunde gut verheilt.«

Vaizey trat ans Bett und starrte den neuen Lord Traviston an. Auf Vaizeys Gesicht zeigte sich keinerlei Verärgerung, obwohl seine innere Unruhe wuchs. Freddie bewahrte das Geheimnis, von dem Sicherheit und Ruhe Vaizeys und seiner Kollegen abhingen. Jede Minute, jede Stunde war von Bedeutung. Lady Traviston, Anwälte, die Polizei - alle würden sich mit den Papieren des toten Traviston befassen. Es konnte durchaus sein, dass jemand durch Zufall auf den *alten Blecheimer* stieß - und das schriftliche Geständnis entdeckte! Ein solches Dokument würde sofort geöffnet werden. Andererseits war die Chance, dass man hinter dieses Geheimnis kommen konnte, doch sehr gering. Die Ungewissheit war das Störende.

»Wir haben getan, was wir konnten«, erklärte er. »Unterrichten Sie mich sofort, wenn sich eine Veränderung anzeigt - auch wenn Sie die Gesellschaft heute Abend stören müssen.«

Von dieser Gesellschaft war eine Stunde später in Vaizeys Bibliothek auch die Rede, als Fruity Petherton-Charters hereinkam. Sein Gesicht war gerötet.

»Hören Sie mal, Vaizey, was habe ich da eben erfahren?«, fragte er. »Sie geben eine Gesellschaft?«

»Ja, ich lade eine Reihe von interessanten Persönlichkeiten zum Abendessen ein«, erwiderte Sir Hugo. »Viele kommen während des Nachmittags, solange die Flut günstig ist. Die Verbindung mit Seaminster lässt sich ja stets nur kurze Zeit aufrechterhalten. Zu jeder anderen Zeit...«

»Zum Teufel damit!«, sagte Fruity. »Ich mache mir wegen der Einladung Sorgen. Sind Sie verrückt geworden, Vaizey? Eine Menge Leute zum Essen einzuladen - Tanz und so -, während Freddie hier gefangen gehalten wird!«

»Nein, ich bin nicht verrückt, Fruity. Ich weiß genau, was ich tue.«

»Wirklich?«

»Verdacht kann man nur zerstreuen, wenn man kühn auftritt. Wobei noch gar nicht gesagt ist, dass überhaupt ein Verdacht besteht. Eine fröhliche Party, viele junge, lebenslustige Leute, Musik und Tanz. Wer kann dabei auf den Gedanken kommen, dass sich Freddie Hollister auf der Insel befindet?«

Petherton-Charters starrte seinen Gastgeber beinahe ehrfürchtig an.

»Sie sind wirklich auf Draht, Vaizey!«, murmelte er. »So hatte ich das noch gar nicht bedacht. Aber Sie haben recht.«

Das *Fisherman's Arms* in Seaminster, direkt am Wasser gelegen, war ein altes, skurriles Haus mit schiefen Wänden und kleinen Fenstern. Normalerweise gab es wenig Besucher, aber Mr. und Mrs. Stanton, die Besitzer, nahmen während der Hochsaison auch Touristen auf. Junge Leute mit Segelbooten machten das kleine Hotel oft zu ihrem Hauptquartier. In Seaminster dauerte die Saison auch wesentlich länger als in den meisten anderen Küstenorten.

Der junge Mann, der sich Richard Trevor nannte, bewohnte ein schönes Zimmer über der Bar. Am Nachmittag dieses Tages erschien ein weiterer Gast, ein älterer, breitschultriger Mann mit grauen Haaren und Brauen, dessen gegerbte Gesichtshaut verriet, dass er viele Jahre auf dem Meer verbracht hatte. Er verkündete mit lauter Stimme, dass er nach Seaminster gekommen sei, um mit seinem Neffen Dick Urlaub zu machen.

Erst als er mit seinem angeblichen Neffen allein war, ließ er die Maske fallen.

»Nicht schlecht, Old Iron«, meinte Johnny Lister grinsend. »Ich weiß nicht, ob du ein pensionierter Seebär oder ein Strandwärter sein willst, aber es klappt jedenfalls. Nicht einmal dein Steuerberater würde dich erkennen, abgesehen von der Kleidung.«

»Du hast so gute Arbeit geleistet, dass ich diese persönlichen Bemerkungen ignoriere«, erwiderte Bill Cromwell. Er schaute sich um. »Hübsch hier.«

»Nichts Elegantes, aber gemütlich«, bestätigte Johnny. »Wo sind denn die anderen?«

»Was für andere?«

»Hodgson und Genossen.«

»Dafür ist es noch zu früh«, sagte Ironsides und ließ sich am Fenster nieder. »Wir müssen mit Bedacht Vorgehen, Johnny. Hast du dich an meine Anweisungen gehalten?«

»Natürlich. Ich bin fast nicht mehr aus dem Bett herausgekommen. Tom Wigley hockt immer noch auf seinem Boot und hat seine Geschichte parat. Was machen wir als erstes, Onkel Bill?«

»Du zeigst mir Seaminster. Dann machen wir eine Fahrt mit dem Motorboot.«

»Verstanden. Erkundung, wie?«

»Wenn man ein Nachtunternehmen vorhat, muss man sich vorher bei Tag umsehen«, erwiderte Cromwell. »Ich wiederhole noch einmal, Johnny: Wir müssen uns vorsehen. Ich zweifle nicht daran, dass Vaizey seine Spione in Seaminster hat. Man darf uns nicht auf die Spur kommen. Ein Fehler, und Freddie Hollister wird nie mehr auf tauchen.«

Ironsides gab sich keinen Illusionen hin. Die Gefahr für seine Person störte ihn nicht, aber er dachte an Freddie und an Hazel Faraday.

Während des Spaziergangs durch Seaminster und bei der Fahrt mit dem Motorboot gaben sich Cromwell und Johnny als typische Urlauber. Für Rock Island schienen sie sich nicht übermäßig zu interessieren. Als sie wieder im Hotel saßen, besprachen sie das Gesehene und Gehörte.

»Vaizey gibt also eine Gesellschaft«, meinte der Chefinspektor nachdenklich. »Schlau ausgedacht, Johnny. Gestern Nacht schmuggelt er Freddie auf die Insel, und heute gibt er eine große Party.«

»Sind das nicht nur Vermutungen?«, meinte der Sergeant unsicher. »Ich habe nur in der ersten Aufregung gesagt, dass ich wüsste, wo Freddie ist. Hoffentlich hast du dich dadurch nicht beirren lassen. Ich habe Freddie ja nicht gesehen. Nur Vaizey und einen Begleiter, als sie durch die Tür im Fels schlüpften.«

»Wir können verschiedenes als gegeben annehmen«, erwiderte Cromwell. »Beweise haben wir bis jetzt überhaupt keine. Der Fall ist reichlich vertrackt, wenn man es sich richtig überlegt. Nicht eine Spur... Ich meine konkrete Spuren. Das Verhalten des Colonels war verdächtig genug, aber wir können ihm nichts nachweisen. Auch bei dem Überfall auf dich geht es uns nicht anders. Freddie wird entführt, und Vaizey lässt sich mit seinen Kumpanen gleichzeitig in einem Nachtclub sehen. Später fährt Vaizey an die Südküste und erreicht sein Haus auf der Insel über einen geheimen Zugang. Verboten ist das alles nicht. Die Insel gehört ihm. Da kann er tun, was ihm beliebt. Wir geraten immer wieder in eine Sackgasse. Beweis für Vaizeys ausgezeichnete Organisation.«

»Ich komme mir gemaßregelt vor«, sagte Johnny. »Ich war ja hier und habe kein Beweismaterial sammeln können.«

»Trotzdem wissen wir, dass Vaizey unser Gegner ist«, fuhr Cromwell fort. »Wir können unterstellen, dass er Freddie auf die Insel geschafft hat. Eine Razzia wäre sinnlos, selbst wenn ich einen Durchsuchungsbefehl erwirken könnte,' was nicht sicher ist. Vaizey würde rechtzeitig gewarnt werden und hätte Zeit genug, seinen Gefangenen zu beseitigen. Ohne Freddie, tot oder lebendig, könnten wir gegen Vaizey und seine Helfer gar nichts erreichen. Wir müssen Freddie herausholen und zwar lebendig. Wie steht es mit der Flut heute Nacht?«

»Sie kommt jetzt. Die tiefere Rinne ist schon befahrbar«, gab Johnny zurück. »Man kann von Seaminster aus zur Insel übersetzen.« Er schaute zum Fenster hinaus. »Da ist ein Boot unterwegs, das sicher Gäste von Vaizey an Bord hat.« Er drehte sich um. »Aber nachts klappt es mit der Flut auch. Ich kenne ein gutes Boot, wenn wir heute zupacken wollen...«

»Dafür habe ich schon gesorgt«, unterbrach ihn Cromwell. »Vaizey wird sich diesmal selbst übertölpeln. Wir fangen ziemlich früh an, wenn die Festlichkeiten groß im Gange sind.«

»Gut«, sagte Johnny.

»Vaizey gibt die Party nur, um sich zu tarnen«, erklärte der Chefinspektor. »Sie wird zwar ein Erfolg sein, aber Vaizey auch ablenken. Das ist unsere Chance...«

Er verstummte und warf Johnny einen warnenden Blick zu. Draußen wurden Schritte hörbar, dann klopfte jemand.

»Hier, Miss«, sagte Mr. Stanton. »Das ist Mr. Trevors Zimmer. Eine junge Dame für Sie, Mr. Trevor.«

Hazel Faraday trat ein und zeigte keinerlei Überraschung, als sie auf den Chefinspektor zuging.

»Guten Tag, Onkel Bill!«, sagte sie. »Dick! Warum habt ihr mir nicht gesagt, dass ihr in Seaminster seid? Ich habe nur durch Zufall davon erfahren und wollte euch mal besuchen.« - Der Wirt zog sich zurück.

»Hören Sie mal, junge Dame...«, begann Ironsides empört.

»Sergeant Hodgson hat mir erzählt, wo ich Sie finden kann«, unterbrach ihn Hazel. »Wenn es heute losgeht, will ich dabei sein!«

Neunzehntes Kapitel

Um zehn Uhr lag Dunkelheit über der Bucht. Abgesehen von den funkelnden Lichtern Seaminsters und dem hellen Glanz auf der Insel, war kaum etwas zu erkennen.

Zu dieser frühen Stunde würde Vaizey wohl noch keine Posten aufgestellt haben, sagte sich Cromwell. Aber selbst wenn man Ausschau hielt, würde man das kleine Boot auf dem offenen Wasser kaum bemerken.

Das Boot war von einem kleinen Kanal aus abgefahren. Es wurde von einem Elektromotor angetrieben und glitt fast lautlos durchs Wasser. Die Bordwände waren schwarz gestrichen.

Bill Cromwell musste Hazel bewundern. Hogdson hatte ihren Fragen nicht widerstehen können. Ohne sich irgendwie festzulegen, hatte er schließlich erklärt, dass Cromwell unter dem Namen William Trevor in Seaminster abgestiegen sei. Hazel hatte sich sofort in den Wagen gesetzt und war zur Küste gefahren.

Ironsides beschloss, sie mitzunehmen. Der Gedanke, dass sie in Freddies Nähe gelangen konnte, führte eine solche Veränderung in ihr herbei, dass Cromwell nicht das Herz gehabt hatte, sie nach London zurückzuschicken.

Cromwell betrachtete ihr erhitztes Gesicht und begriff, dass er gar nicht anders hätte handeln können. Es fiel ihm nicht schwer, die Unsicherheit in sich niederzukämpfen. Ein Mädchen hatte im Grunde bei solchen Unternehmungen nichts zu suchen, das war ihm klar, aber wenn sie das Glück haben sollten, Freddie zu finden, mochte ihre Anwesenheit von unschätzbarem Wert sein. Sie kannte ihn, sie liebte ihn, sie war mehr wert als ein Ärztekollegium.

Cromwell hatte seine ganzen Karten auf den Tisch gelegt. Hazel war zwar schockiert gewesen, Sir Hugo Vaizey und Lord Travistons Freunde als die Täter entlarvt zu sehen, aber sie hatte keine allzu große Überraschung gezeigt.

»Ich habe sie nie gemocht«, sagte sie. »Ich bin ihnen bei Freddie oft begegnet - vor allem Colonel Petherton-Charters. Er war immer sehr liebenswürdig, aber ich habe ihm nicht so recht getraut. Sir Hugo erinnerte mich immer an etwas Kaltes, an eine Rechenmaschine!«

Cromwell hatte dazu nichts gesagt. Ihre Sachlichkeit und ihr Eifer hatten ihn jedoch dazu bewogen, sie auf die Bootsfahrt mitzunehmen. Nach einer Stunde war sie fortgegangen und hatte sich nach Einbruch der Dunkelheit mit Cromwell und Johnny getroffen.

Cromwells Plan, sich der Insel vom Meer her zu nähern, versprach Erfolg. Auf dieser Seite würde man nicht ganz so vorsichtig sein. Man konnte bis an die Klippen heranfahren und sich dann zu den Höhlen vortasten.

Der Chefinspektor hatte es nicht eilig. Er hielt eine geringe Geschwindigkeit ein, was Johnny und Hazel ungeduldig machte.

»Können wir nicht ein bisschen schneller fahren?«, fragte Johnny schließlich.

»Doch, wenn wir Kielwasser zeigen wollen, das man von der Insel aus sehen kann«, gab Cromwell zurück. »Das Boot selbst ist praktisch unsichtbar. Kielwasser nicht.«

Johnny und Hazel beschieden sich mit dieser Auskunft. Trotzdem zerrte die Fahrt an den Nerven. Meter um Meter kroch das kleine Boot dahin, bis es unter dem hohen Steilufer dahinschwamm. Johnny Lister war froh, als er auf die Öffnung der Höhle weisen konnte.

»Wenn aber das andere Motorboot daherkommt?«, fragte er leise.

»Nur nicht schwarzsehen!«, meinte Ironsides. »Wir müssen es eben riskieren. Ich glaube nicht, dass die Gefahr sehr groß ist. Solange Vaizeys Fest auf Hochtouren läuft, wird er wohl kaum etwas unternehmen. Außerdem war die Aktion von gestern Nacht etwas Einmaliges.«

Lautlos glitt das Boot in die Öffnung. Das Wasser war hier tief genug. Ironsides sah sich genau um, dann machte er das Boot fest. Beim Schein seiner Lampe stiegen sie zu dritt auf den Felsvorsprung.

»Wo hast du die Tür gesehen?«, fragte Cromwell.

Johnny zeigte es ihm. Sie traten auf die Felswand zu. Ironsides untersuchte sie genau, konnte aber nichts finden.

»Ich muss wohl geträumt haben«, murmelte Johnny hilflos. »Aber hier öffnete sich die Wand, das kann ich beschwören. Eine andere Stelle gibt es nicht. Ich sah Vaizey. Halt mal! Jetzt fällt es mir wieder ein!«

»Was denn?«, fragte Hazel atemlos.

Johnny nahm Cromwells Lampe und ging ein paar Schritte zurück. Dann steckte er den Arm in eine Felsspalte.

»Vaizey hat ebenfalls dort hineingegriffen«, sagte Johnny. »Verstehst du, Ironsides? Der Auslöser für die Tür ist ein paar Meter entfernt. Vermutlich stammt das noch von den Mönchen.«

Cromwell hörte nicht hin. Er leuchtete selbst in die Spalte und entdeckte eine glatte Stelle. Er drückte dagegen. Plötzlich bewegte sich etwas. Man hörte ein Knacken.

»Was war das?«, fragte Hazel.

Cromwell zog die Hand heraus und leuchtete die Felswand an. Die Tür öffnete sich langsam von selbst.

»Raffiniert«, sagte er. »Die Leute, die sich das einfallen ließen, haben sicher jahrelang daran gearbeitet. Na, egal. Hauptsache, die Tür ist offen.«

Er leuchtete in den langen Tunnel mit den Stufen. Ein Luftzug streifte sein Gesicht. Er drehte sich um und sah Hazel zweifelnd an.

»Jetzt wird es gefährlich«, meinte er. »Ob es ratsam ist, dass Sie mitkommen?«

»Keine Sorge, Mr. Cromwell«, erwiderte Hazel. »Ich komme auf jeden Fall mit!«

»Na, aufhalten kann ich Sie nicht«, sagte Ironsides. »Sie sind sehr entschlossen.«

»Außerdem ist es vielleicht gefährlicher, wenn Miss Faraday allein in der Höhle bleibt. Wir nehmen sie lieber mit, Ironsides, dann können wir sie wenigstens im Auge behalten.«

Sie stiegen die ausgetretenen Stufen hinauf, Cromwell als erster, Johnny als letzter. Alle drei hatten das Gefühl, dass das Glück auf ihrer Seite stand. Die Gegner konnten sich auf einen Schlag gefasst machen.

Tatsächlich sogar auf zwei Schläge.

Der erste hatte nichts mit Cromwell zu tun. Er kam wie ein Blitz aus heiterem Himmel.

Sir Hugo befand sich im großen Ballsaal. Er tanzte nicht zur *heißen* Musik, sondern begnügte sich damit, zwischen seinen Gästen umherzuschlendern und hier und dort ein paar Worte zu wechseln. Er gab sich ganz als weltmännischer Gastgeber. An der Festlichkeit nahmen viele junge Menschen teil, die sich großartig amüsierten. Vaizeys Gesellschaften waren berühmt.

Petherton-Charters fühlte sich zum ersten Mal seit zwei Tagen erleichtert. Die Musik, das Lachen, die vielen Menschen - all das beruhigte ihn.

»Er ist ein Genie, Bruce«, sagte der Colonel zu Aldrich. »Er hat uns von Anfang an erklärt, dass kein Grund zur Sorge bestehe, nicht wahr?«

»Dann brauchen wir uns nicht mehr damit zu befassen«, meinte Aldrich. »Hier sollten wir nicht von solchen Dingen sprechen.«

»Gewiss«, sagte Fruity hastig. »Verstehe schon, alter Knabe.«

In diesem Augenblick kam Voules herein und machte Sir Hugo ein Zeichen. Vaizey trat mit gemessenem Schritt auf ihn zu.

»Das Telefon, Sir«, sagte Voules. »Sehr dringend, Sir. Der Herr möchte Sie unbedingt selbst sprechen. Hoffentlich habe ich nichts falsch gemacht.«

»Nein, Voules«, sagte Sir Hugo mit freundlichem Lächeln. »Für Geschäfte bin ich immer zu haben.«

Er ging zur Bibliothek, gerade, als das Orchester eine

Rumba zu spielen begann. Erstaunt vernahm er Dr. Batterbys Stimme. Die Verliese waren durch eine private Leitung mit dem Haus verbunden; man konnte den Apparat aber auch an die öffentliche Leitung anschalten. Voules hatte keine Ahnung, dass der Anruf aus den unterirdischen Räumen kam.

»Sie müssen sofort kommen, Sir Hugo!«, rief Batterby aufgeregt. »Eine unglaubliche Geschichte! Unser Patient ist bei Bewusstsein!«

»Was?«

»Ja. Ganz plötzlich - und unerwartet.«

»Aber wir dachten doch...«

»Ich weiß, ich weiß«, erwiderte der Arzt. »Ich verstehe das auch nicht. Er erwachte ganz plötzlich, ist zwar noch sehr schwach, aber völlig klar. Sie müssen sofort kommen. Ich befürchte ernsthaft einen Rückfall. Der junge Mann ist natürlich ganz durcheinander.«

»Ich bin in zwei Minuten da«, versprach Sir Hugo.

Zwanzigstes Kapitel

Chefinspektor Cromwell streckte die Hand nach hinten aus und berührte Hazel am Arm, um sie zu beruhigen. Sie hatten das Ende der Treppe erreicht, und Cromwells scharfes Gehör fing schwache Geräusche auf.

Er knipste seine Taschenlampe aus. Sie verharrten in der undurchdringlichen Dunkelheit. Cromwell zog seine Pistole. Jetzt schien es mulmig zu werden.

»Vorsicht - keinen Laut«, hauchte er. »Wir sind fast da.«

Sie tasteten sich an der Wand entlang. Es dauerte nicht lange, bis Cromwell eine Öffnung in der Wand entdeckte. Er blieb stehen, trat hinein und ließ die Taschenlampe kurz aufblitzen.

Er sah eine schiefhängende, halb verrostete Tür, bröckelnde Mauern, eine halb eingestürzte Decke. Offenbar ein Verlies, das seit Jahrhunderten verfiel. Ein Blick genügte Cromwell. Er schritt weiter und erreichte die nächste Öffnung. Wieder ein Verlies. Er biss die Zähne zusammen. Es konnte keinen Zweifel mehr daran geben, dass Freddie in einem dieser Räume festgehalten wurde.

Plötzlich hörte er Schritte. Ein Lichtstrahl durchschnitt die Dunkelheit. Cromwell packte Hazel und Johnny und drängte sie in den nächstgelegenen Eingang eines Verlieses.

Er erhaschte für Sekundenbruchteile den Anblick eines mageren, kleinen Mannes, der aus einer Türöffnung trat. Dr. Serge Batterby hatte die Eindringlinge nicht entdeckt. Er ahnte nichts. Seine Bewegungen wirkten fahrig.

»Warum kommt er denn nicht?«, murmelte er. »Es wird bald zu spät sein...«

»Warum diese Geheimnistuerei, Doktor?« ertönte eine zweite, klare Stimme. »Warum erzählen Sie mir nicht, was geschehen ist? Hat die Polizei die Männer gefasst, die meinen Vater erschossen haben?«

»Ooooh!«

Hazel Faraday stieß einen langen Seufzer aus, aber Cromwell reagierte rasch und hielt ihr den Mund zu.

»Um Gottes willen, Miss Faraday!«, flüsterte er. »Beherrschen Sie sich! Begreifen Sie denn nicht, dass sein Leben an einem Haar hängt?«

Er spürte ihr Nicken und nahm die Hand von ihren Lippen.

»Verzeihung«, hauchte sie. »Ich nehme mich zusammen. Aber als ich seine Stimme hörte... Er ist bei Bewusstsein, Mr. Cromwell«, sagte sie mit bebender Stimme. »Er ist bei Bewusstsein - und wir haben ihn gefunden.«

Cromwell wäre am liebsten vorgestürmt, die Pistole in der Hand, um endlich reinen Tisch zu machen. Offenbar hatten sie es mit nur einem Mann zu tun, der noch dazu klein und fortgeschrittenen Alters war. Trotzdem zögerte Cromwell.

Wie klug das war, zeigte sich schnell. Schritte wurden plötzlich hörbar, dann drang die Stimme Sir Hugo Vaizeys zu den Eindringlingen. Wäre Ironsides in das Verlies gestürmt, dann hätte er Sir Hugo im Rücken gehabt.

»Sie sagten doch, in zwei Minuten...«, begann Batterby.

»Länger hat es auch nicht gedauert«, sagte Sir Hugo scharf. »Nehmen Sie sich zusammen, Mann!«

Sir Hugo stieß den Arzt verächtlich beiseite und trat in den Raum. Mit funkelnden Augen starrte er die Gestalt auf dem Bett an. Freddie lag nach wie vor auf dem Rücken, aber er hatte die Augen offen.

»Geht es Ihnen besser, Freddie?«

»Oh, hallo, Sir Hugo«, sagte Freddie. »Was ist denn passiert? Ich fühle mich scheußlich, und der Arzt will mir nichts erzählen. Wo bin ich denn überhaupt?«

»Sie hatten einen Unfall und waren längere Zeit bewusstlos«, erklärte Vaizey, während er sich über das Bett beugte. »Hören Sie, Freddie. Ihre Mutter möchte etwas wissen. Wo finden wir den *alten Blecheimer*?«

Vaizey hatte die Frage ganz unvermittelt gestellt, in der Hoffnung, den jungen Mann überrumpeln zu können. Er wurde jedoch enttäuscht. Freddie sah ihn argwöhnisch an.

»Warum ist Mutter nicht da, wenn sie das wissen will?«, erwiderte er leise. »Und Hazel... Wo ist sie? Ich kann mich nur daran erinnern, dass Vater auf dem Pflaster lag...« Er schloss die Augen und schauderte. »Ich versuchte die Männer aufzuhalten, aber was dann geschah, weiß ich nicht mehr...«

Sir Hugos Gesicht wurde hart. Er war kein Arzt, aber auch er konnte sehen, dass dieses klare Intervall bei Freddie nicht anhalten konnte. Freddies Gesicht rötete sich rasch, und seine Augen glitzerten fiebrig. Sir Alistair McCrae wäre entsetzt gewesen, wenn er seinen Patienten so gesehen hätte. Der Patient brauchte absolute Ruhe. Genau das Gegenteil wurde ihm geboten.

Cromwell, der inzwischen nähergeschlichen war, wusste, dass er noch nicht eingreifen durfte.

So schwer es ihm fiel, sich zu beherrschen - er spürte, dass der Hinweis auf den *alten Blecheimer* den Schlüssel zu der ganzen Affäre darstellte.

»Sie haben geträumt, Freddie«, erklärte Sir Hugo leichthin. »Ihr Vater ist verletzt, ja, aber nicht schwer. Wenn Sie mir über den alten Blech...«

»Lüge!«, sagte Freddie. »Ich habe Vater tot auf dem Pflaster liegen sehen. Er hätte den *alten Blecheimer* nie erwähnt, dessen bin ich sicher. Das ist unser Geheimnis, ist es immer gewesen.«

»Schon gut, Freddie.« Sir Hugo erschrak bei dem Gedanken, dass der Patient einen Rückfall erleiden könnte, bevor er ihm die gewünschte Auskunft gegeben hatte. »Dann will ich Ihnen die Wahrheit sagen. Ihr Vater war in höchst anrüchige finanzielle Machenschaften verwickelt und hinterließ für Sie im *alten Blecheimer* ein schriftliches Geständnis. Ich möchte das Dokument an mich bringen, bevor die Polizei darauf stößt, damit ich es vernichten und Ihrer Familie die Schande ersparen kann.«

Wieder ein geschickter Schachzug, dachte Cromwell. Der Freund der Familie, im letzten Augenblick bemüht, den Ruf des Namens zu retten. Der Chefinspektor begriff schlagartig, worum es ging. Wenn das Geständnis in die Hände der Polizei geriet, waren Vaizey und seine Kumpane ruiniert!

»Ich glaube Ihnen nicht«, sagte Freddie mit schwacher Stimme. »Mutter soll kommen. Oder Hazel. Nur ihnen sage ich es - aber nicht Ihnen!«

»Es gibt eine raue Methode, Freddie, und eine sanfte«, erwiderte Sir Hugo geduldig. »Es tut mir leid, dass Sie die raue gewählt haben. Ich spreche diese Drohung einem

Mann in Ihrem Zustand gegenüber nicht gerne aus, aber entweder sprechen Sie freiwillig oder wir zwingen Sie dazu!«

Freddie Hollister gab einen klagenden Laut von sich. Bill Cromwell konnte nicht mehr an sich halten. Er packte seine Pistole und wollte gerade losstürmen. Freddies Klagelaut hatte jedoch Hazel alles andere vergessen lassen.

Sie lief an Cromwell vorbei in den Raum.

»Freddie!«, schrie sie auf und rannte zum Bett.

Sir Hugo schien für sie nicht mehr als ein Möbelstück zu sein. Sie bemerkte ihn nicht einmal. Ihre Augen, ihr ganzes Ich waren auf Freddie ausgerichtet.

Sir Hugo streckte die Hand aus, packte sie und stieß sie an die Wand. Sein Gesicht war blass geworden.

»Um Gottes willen!«, sagte er tonlos.

Ihr unerwartetes Erscheinen hatte ihn aus der Fassung gebracht.

»Sie - Sie Teufel, Sie Verbrecher!«, keuchte Hazel. »Lassen' Sie mich zu Freddie! Haben Sie ihm noch nicht genug angetan?«

»Durchaus genug!«, sagte eine grimmige Stimme. »Sir Hugo Vaizey, Sie sind erledigt! Heben Sie die Hände! Du kümmerst dich um den anderen, Johnny.«

Chefinspektor Cromwell hatte das Kommando übernommen.

Einundzwanzigstes Kapitel

Binnen Sekunden hatte Cromwell Sir Hugo die Waffe abgenommen und seinen Gefangenen an die Wand gedrängt. Johnny Lister hatte mit dem anderen Mann keine Mühe. Dr. Batterby war dem Zusammenbruch nahe. Er sank zitternd in einen Sessel.

Hazel lag auf den Knien vor dem Bett und hatte die Arme um ihren Verlobten geschlungen. Freddie wirkte erschöpft, aber glücklich. Der fiebrige Glanz in seinen Augen war verschwunden. Die Anwesenheit seiner Verlobten schien die beste Medizin für ihn zu sein.

»Jetzt kann dir nichts mehr passieren, Liebster«, flüsterte sie. »Wir nehmen dich mit, sobald du kräftiger bist. Sei still, sag nichts...«

»Ich versteh' das nicht, Liebling«, sagte Freddie leise. »Mir geht alles durcheinander. Ich habe schreckliche Kopfschmerzen. Das mit Vater stimmt doch nicht, oder?«

»Sei nur ruhig. Vergiss das alles. Du musst gesund werden.«

Hazels Augen schwammen in Tränen. Mit aller Kraft versuchte das Mädchen sie zurückzuhalten. Sie lächelte ihn an.

»Gut, Liebes«, sagte Freddie leise. »Wie du meinst. Komisch, mir ist gar nicht besonders. Aber das wird sich schon wieder geben.«

Er schloss die Augen - und Hazels Tränen begannen zu fließen.

Ironsides war zufrieden. Der Erfolg hatte sich leichter verwirklichen lassen als erwartet.

»Ich hoffe, dass Sie keine Schwierigkeiten mehr machen, Vaizey«, brummte er. »Der Ernst der Lage dürfte Ihnen klar sein. Freddie Hollister ist aus der Klinik entführt worden, und ich finde ihn in Ihrer Gewalt. Sie sind festgenommen.«

»Tatsächlich!«, sagte Vaizey ungerührt und starrte den Chefinspektor an. »Ich leiste natürlich keinen Widerstand, wenn mich jemand mit einer Waffe bedroht, aber dieses willkürliche Vorgehen dürfte Ihnen noch leidtun. Ich weiß nicht einmal, wer Sie sind.«

»Das wissen Sie durchaus«, gab Ironsides zurück. »Aber ich kann mich ja vorstellen. Cromwell ist mein Name - Chefinspektor Cromwell von Scotland Yard.«

»Haben Sie einen Haftbefehl?«, erkundigte sich Sir Hugo. »Worauf berufen Sie sich eigentlich...«

»Darauf«, sagte Cromwell und hob die Pistole. »Das genügt doch, nicht wahr? Ich werde Sie und Dr. Batterby der zuständigen Polizeibehörde von Sussex übergeben...«

»Diese Aktion ist also auf Ihre alleinige Initiative zurückzuführen?«, erklärte Sir Hugo. »Sehr interessant, Chefinspektor. Darf ich darauf hinweisen, dass Sie ein erhebliches Risiko eingegangen sind?«

»Aber Sie sind mein Gefangener«, antwortete Cromwell.

»Zugegeben. Sehr bedauerlich.« Vaizey hob die Schultern. »Ich fürchte, dass Ihnen das allerhand Schwierigkeiten bringen wird, Cromwell. Sie gehen von völlig falschen Annahmen aus...«

»Falls Sie den Chefinspektor auf den Arm nehmen wollen, können Sie sich die Mühe sparen, Sir Hugo«, unterbrach ihn Johnny. »Wir haben Sie ertappt, und diese Schauspielerei hilft Ihnen gar nichts. Erinnern Sie sich an mich? Ich bin der Neugierige, den Ihre Banditen in die Themse geworfen haben. Peinlich, nicht? Jawohl, ich war gestern in der Höhle, als Sie eintrafen, kurz nachdem Sie Freddie herübergebracht hatten.

Seit meinem Bad in der Themse beobachte ich Ihre Insel. Finden Sie nicht auch, dass Sie sich Ihre Tricks sparen können?«

Sir Hugo nickte resigniert.

»Ja, ich war natürlich sehr unvorsichtig«, gab er zu. »Das kommt davon, wenn man seiner Sache zu sicher ist. Gratuliere, Cromwell. Ich habe Sie unterschätzt. Erlauben Sie, dass ich in Ihrer Begleitung ins Haus zurückkehre, wenn ich mein Wort gebe, keine Dummheiten zu machen?«

Ironsides wusste, dass er Hazel bei dem Patienten lassen konnte. Aber Johnny musste sie mit der Waffe beschützen. Inzwischen kam es darauf an, Vaizeys Helfer unschädlich zu machen, auch die Besatzung des Motorbootes. Die Dienerschaft musste zumindest überprüft werden. Dr. Batterby, den Cromwell sofort erkannt hatte, war kein Problem.

»Nein, Vaizey. Tut mir leid, aber das geht nicht«, knurrte der Chefinspektor. »In der Höhle wartet mein Motorboot. Sie und Dr. Batterby begleiten mich...«

Er wurde durch einen ächzenden Laut unterbrochen.

»Vorsicht, Iron -... *Aaaaah!*«

Cromwell hörte einen dumpfen Aufprall und ein gurgelndes Stöhnen Johnnys. Er trat hastig einen Schritt zurück, um gleichzeitig Vaizey und die Tür im Auge behalten zu können, aber es war schon zu spät.

»Weg mit der Pistole!«, zischte eine Stimme. »Los, los. Der Spaß hat ein Ende.«

Sekundenlang blieb es still. Ironsides überblickte die Lage sofort. Es gab nur zwei Möglichkeiten - nachgeben oder sich auf eine Schießerei einlassen. Johnny schied zunächst aus. Er lag bewusstlos am Boden, niedergeschlagen von Janssens Waffe. Dr. Batterby kauerte an der Wand, ein hilfloses Nervenbündel. Janssen, im blauen Pullover, eine Mütze auf dem Kopf, stand unter der Tür. Hinter ihm tauchten noch zwei Männer auf.

Und Cromwell hatte Hazel und Freddie hinter sich.

»Glück für Sie, Vaizey«, sagte der Chefinspektor tonlos.

Er ließ die Pistole fallen und hob die Hände. Es gab keine andere Wahl. Allein hätte er sich auf eine bewaffnete Auseinandersetzung einlassen können, aber er durfte das hilflose Mädchen und ihren Verlobten nicht gefährden. Cromwell brauchte nicht lange zu überlegen. Er reagierte beinahe automatisch. Freddie hatte schon genug durchgemacht. Eine Schießerei würde er wohl kaum überleben.

»Ich muss mich bei Ihnen entschuldigen, Cromwell«, sagte Sir Hugo, als er sich bückte, um die Pistole aufzuheben. »Treten Sie an die Wand. Ja, so ist es gut. Bleiben Sie ganz ruhig stehen. Und behalten Sie die Hände oben.«

»Wer sind diese Leute?«, fragte Janssen.

»Beamte von Scotland Yard, die ich leider unterschätzt habe«, erklärte Sir Hugo gelassen. »Wenn Sie nicht überraschend aufgetaucht wären, sähe es - sehr schlecht aus. Ich werde dafür sorgen, dass Sie keine Gelegenheit mehr haben, mir in die Quere zu kommen, Cromwell.«

Janssen war zusammengezuckt.

»Kriminalbeamte - von Scotland Yard!«, murmelte er.

»Ja, aber Sie brauchen sich keine Gedanken zu machen, Janssen. Cromwell hat einen schweren Fehler gemacht, als er hier nur in Begleitung seines Sergeanten und des Mädchens auftauchte. Ich bin mir immer noch nicht klar, wie sie hereingekommen sind.«

»In der Höhle habe ich ein Motorboot gefunden«, erklärte Janssen. »Dass es Ihnen nicht gehört, Sir Hugo, wusste ich gleich. Weil ich nicht wusste, was davon zu halten war, schlich ich mit Ted und Jim leise die Treppe hinauf. Und da bin ich!«

»Sie bekommen eine beachtliche Prämie für Ihre ausgezeichnete Arbeit«, versprach Vaizey, ohne den Blick von Cromwell abzuwenden. »Sie müssen wir leider aus dem Verkehr ziehen, Chefinspektor. Ich wusste von Anfang an, dass Freddie zu verschwinden hatte. Für Sie und Ihre Begleitung gilt das genauso. Sie machen mir allerhand Ärger.«

»Nachdem Ihnen der Mord an Lord Traviston geglückt ist, denken Sie wohl, dass es auf ein paar Tote mehr oder weniger nicht ankommt, wie?«, sagte Ironsides, ohne mit der Wimper zu zucken. »Was ist eigentlich los mit Ihnen? Wir haben zwar keine Leibgarde mitgebracht, aber wenn Sie glauben, dass unser Verschwinden nicht auffällt, sind Sie nicht ganz bei Trost. Überlegen Sie doch, Vaizey. Halbheiten sind mir ein Greuel.«

»Sie haben also die hiesige Polizei unterrichtet, bevor Sie sich in dieses Abenteuer stürzten, wie?«, meinte Sir Hugo. »Im Ernst, mein Lieber, Sie wollen mich doch nicht mit diesem Unsinn hereinlegen? Nein, nein! Sie sind allein hergekommen. Das ist ganz eindeutig.«

Er erteilte Befehle. Die beiden Männer hinter Janssen traten vor. Einer packte Hazel, die von diesem neuen Schicksalsschlag wie betäubt war und keine Gegenwehr leistete. Sie war zu keiner Reaktion mehr fähig. Freddie war gefunden, er lebte, er schien gerettet zu sein – und jetzt dies!

Der andere Mann trat hinter Cromwell und zog seine Arme herunter, damit Janssen ihn fesseln konnte. Eine Minute später konnte sich der Chefinspektor nicht mehr bewegen. Johnny, der inzwischen wieder zu sich gekommen war, wurde der gleichen Prozedur unterzogen. Die Beine ließ man frei, aber die Helfer Janssens banden sich die Stricke um den eigenen Körper, so dass an Flucht nicht zu denken war.

»Bringt sie in die Höhle und wartet auf mich«, sagte Sir Hugo.

»Und das Mädchen?«

»Bleibt hier, Janssen. Fesseln Sie sie an den Stuhl.«

Hazel wehrte sich, aber gegen die kräftigen Männer Vaizeys konnte sie nichts ausrichten. Nach wenigen Augenblicken war sie am Stuhl festgebunden. In Cromwell stieg die Wut hoch, als er Sir Hugos entschlossene Miene sah.

»Mensch, Vaizey, Sie wollen doch Miss Faraday nicht dazu benutzen...«

»Um unserem Patienten eine gewisse Mitteilung zu entlocken?«, meinte Vaizey. »Warum nicht? Freut mich, dass Sie einsehen, wie die Dinge stehen. Ich glaube, dass ich bald wissen werde, worauf es mir ankommt.«

Als Johnny und Cromwell auf den Korridor hinausgestoßen wurden, sahen sie noch, wie sich Vaizey ans Bett setzte. Er winkte dem zitternden Dr. Batterby.

»Sie bringen ihn um, Ironsides«, murmelte Johnny.

Cromwell wusste nichts darauf zu erwidern. Er befürchtete es auch. Tun konnte er nicht das Geringste. Es hatte auch wenig Sinn, sich gegen sein Schicksal aufzulehnen.

Cromwell marschierte durch den Korridor und die Treppe hinunter.

Im Verlies hatte sich Dr. Batterby wieder halbwegs erholt. Auf Vaizeys Anweisung hin untersuchte er den Patienten.

»Er ist schwach - sehr schwach«, murmelte er. »Sie können ihn jetzt nicht zum Sprechen zwingen, Vaizey. Sie bringen ihn um.«

»Geben Sie ihm eine Spritze.«

»Aber das ist gefährlich.«

»Warum quälen Sie uns so?«, fragte Hazel zornig. »Kann ich Ihnen nicht sagen, was Sie wissen wollen? Haben Sie Freddie nicht schon genug angetan?«

»Jawohl, junge Dame, und jetzt sind Sie an der Reihe«, erwiderte Sir Hugo beinahe bedauernd, während er Freddie anstarrte. »Sie verstehen doch jedes Wort, nicht wahr, Freddie? Sie müssen mir sagen, welche Bewandtnis es mit dem *alten Blecheimer* auf sich hat. Sie müssen mir sagen, wo er zu finden ist.«

»Ich denke gar nicht daran!«

»Da bin ich anderer Meinung. Auf Diskussionen kann ich mich nicht mehr einlassen, dafür ist die Zeit zu knapp. Wenn Sie mir nicht verraten wollen, was mich interessiert, bin ich gezwungen, bei Miss Faraday gewisse Methoden anzuwenden, die für uns alle unerquicklich sind.«

»Hör zu, Freddie«, sagte Hazel hastig. »Wenn du es ihm nicht sagen willst, brauchst du auf mich keine Rücksicht zu nehmen. Ich habe keine Angst vor ihm.«

Sir Hugo seufzte und trat auf das Mädchen zu. Er ergriff ihren rechten Arm, der nicht gefesselt war, und begann ihn zu verrenken. Hazel wurde leichenblass. Sie biss die Zähne zusammen, aber schließlich entrang sich ihr doch ein schluchzender Laut.

»Sadist«, flüsterte Freddie. »Ich sage es Ihnen. Es spielt ja doch keine Rolle mehr. Lassen Sie Hazel in Ruhe! Ich will es Ihnen ja sagen!«

Sir Hugo ließ Hazels Arm fallen.

»Ich warte«, sagte er scharf.

Freddie wäre wohl auch als Gesunder nicht fähig gewesen zuzusehen, wie seine Verlobte gequält wurde. In seinem geschwächten Zustand erlahmte seine Widerstandskraft sofort.

»Ich - ich habe vergessen, was Sie wissen wollten«, flüsterte er. »Ach ja, der alte Blecheimer...«

»Weiter.«

»Das ist eine lange, schmale Kiste aus Kupferblech, ein schweres altes Ding. An der Rückseite befindet sich ein Fach... Sie steht in der Diele...«

»In welcher Diele?«

»Es gibt nur eine.«

»In Ihrem Haus?«

»Nein... Bungalow... Themse. Er steht leer...«

»Um Himmels willen, Vaizey, lassen Sie ihn in Frieden«, flehte Dr. Batterby. »Sie bringen ihn um, sage ich Ihnen!«

Vaizey beachtete ihn nicht. Es war ihm gleichgültig, ob Freddie am Leben blieb oder nicht. In Kürze musste er ja doch beseitigt werden.

Vaizey dachte an das Sommerhaus der Travistons am Fluss bei Kingston. Erst vor einem Monat war er dort gewesen. Er wusste, dass Freddie diese Geschichte nicht erfunden hatte, um Zeit zu gewinnen und Hazel vor

Schmerzen zu bewahren. Der junge Mann war zu geschwächt, um noch auf solche Ideen verfallen zu können.

Sir Hugo zog die Brauen zusammen. Vor lebenslangem Zuchthaus bewahrte ihn jetzt nur die Tatsache, dass der alte Kasten im Pennyweather Cottage stand. Dass das Haus leer und abgesperrt war...

War es das?

Normalerweise ja. Aber man ging Lord Travistons Unterlagen durch. In diesem Augenblick mochte jemand im Pennyweather Cottage sein und alles durchsuchen. Ein Diener, der die Kiste öffnete, mochte den Inhalt entdecken. Und Vaizeys ganze Zukunft hing an einem seidenen Faden...

Zweiundzwanzigstes Kapitel

Sir Hugo Vaizey kämpfte die aufsteigende Angst nieder und wandte sich an Dr. Batterby.

»Sie bleiben hier«, sagte er kurz. »Kümmern Sie sich um Ihren Patienten und behalten Sie das Mädchen im Auge.«

»Aber ich - ich kann doch nicht...«

»Ich befasse mich später mit Ihnen, wenn ich mehr Zeit habe«, fuhr Vaizey fort. »Binden Sie das Mädchen fester an den Stuhl. Sie hat Kraft und ist zu allem entschlossen, während Sie ein Feigling sind.«

Ohne den Arzt weiter anzuhören, hastete Vaizey hinaus und die steile Treppe hinunter. Seine Gäste hatte er vergessen. Nur ein Gedanke trieb ihn vorwärts.

Er musste sofort zum Pennyweather Cottage!

Morgen konnte es schon zu spät sein. Sobald dort jemand von der Familie auftauchte, vermochte er, Vaizey, nicht mehr an die Kiste zu gelangen. Er musste heute noch hin.

In der Höhle warteten seine Leute, wie angeordnet. Ironsides und Johnny standen gefesselt an der Felswand. Janssen hielt die Pistole immer noch auf sie gerichtet. Er wollte kein Risiko eingehen.

»Ah ja.« Vaizey starrte die Gefangenen angewidert an, als hätte er ihr Vorhandensein vergessen. »Bringen Sie sie in die Verliese zurück.«

»Zurück?«, fragte Janssen überrascht. »Aber ich dachte...«

»Was Sie denken, interessiert mich nicht, Janssen«, fauchte Sir Hugo. »Sie kommen mit mir. Die anderen bringen die Gefangenen in die Verliese und bewachen sie dort. Ich habe dringend in London zu tun. Ich kann die Beseitigung dieser Leute nicht überwachen. Sie müssen mit Bedacht aus dem Weg geräumt werden«, erklärte er ruhig. »Wir können nicht zulassen, dass Tote in der Bucht schwimmen.«

Vaizey besaß eine große Motorjacht, die in der Nähe verankert war. Nichts einfacher, als Cromwell und die anderen an Bord zu bringen und sie auf dem offenen Meer über Bord zu stoßen. Er überlegte. Er konnte sie vorher töten lassen und in Kisten packen... Kein Mensch würde dahinterkommen... Im Kanal brauchte er dann nur noch...

Er wandte sich an Janssens Begleiter.

»Bewachen Sie die beiden gut«, befahl er. »Lassen Sie sie keinen Moment aus den Augen, bis ich zurück bin. Schaffen Sie sie in ein Verlies und lösen Sie auf keinen Fall die Fesseln. Ich komme vor morgen früh wieder.«

Er stieg in sein Motorboot und gönnte Cromwells Elektroboot kaum einen Blick. Er musste sofort zum Pennyweather Cottage!

Janssen begleitete ihn, um das Boot zu steuern und den Wagen zu lenken, der am Bootshaus wartete. Bevor das Boot noch ganz die Höhle verlassen hatte, wurden Cromwell und Lister von Jim und Ted wieder nach oben geführt. Ironsides grübelte vor sich hin. Es gab keinen Zweifel daran, dass Vaizey erfahren hatte, was er wissen wollte - und dass ihm das einen schweren Schlag versetzt zu haben schien. Bis er seinen Entschluss ausgeführt hatte, war alles andere aufgeschoben.

»Jetzt sitzen wir schön in der Tinte, Old Iron«, sagte Johnny. »Hoffentlich strengst du dein Gehirn an. Das mit dem alten Blecheimer habe ich übrigens nicht ganz begriffen...«

»Einfach genug. Traviston hat ein Geständnis hinterlassen, das Vaizey und die anderen belastet. Er versteckte es an einem Ort, der nur ihm und seinem Sohn bekannt war«, brummte Cromwell. »Vaizey ist unterwegs, um das Geständnis zu vernichten. Sobald das geschehen ist, hat Freddies letzte Stunde geschlagen.«

»Uns wird es auch nicht bessergehen.«

»Noch sind wir nicht tot, Johnny. Allerdings - Hilfe haben wir nicht zu erwarten. Ich hätte eben doch nicht allein...«

»Maul halten und weitergehen«, brummte einer der Bewacher. »Lasst euch ja nicht erwischen!«

Cromwell fühlte sich gezwungen, Johnny keine Hoffnung zu lassen. Hodgson wusste zwar in groben Umrissen, was gespielt wurde, aber bis er eingreifen konnte, war es auf jeden Fall zu spät. Gewiss, sein Verdacht würde sich gegen Sir Hugo Vaizey richten, aber ohne Beweismaterial konnte auch Scotland Yard nichts unternehmen.

Sie erreichten das Ende des Tunnels. Man trieb die Gefangenen in den breiten Korridor. Dr. Batterby hastete aus seinem Raum.

»Wer ist da?«, fragte er.

»Wir sind es, Doc«, erwiderte Jim. »Wir haben die beiden da zurückgebracht. Sie werden in einem Verlies untergebracht. Wo ist das Mädchen?«

»Hier«, murmelte Batterby. »Ich wollte ja von Anfang an mit der Sache nichts zu tun haben. Ich weiß nicht, was ich tun soll. Ich begreife nicht, warum mein Patient noch lebt. Er muss eine eiserne...«

Der Arzt kehrte in das Krankenzimmer zurück, immer noch vor sich hin murmelnd. Cromwell und Lister mussten vor der Tür zu einem der Verliese stehenbleiben.

»Hier«, sagte Ted. »Hinein mit ihnen, Jim.«

Die beiden Männer lachten rau, als sie ihre Gefangenen in das dunkle, muffig riechende Verlies stießen. Ironsides prallte mit Johnny zusammen. Sie spürten, wie die Steinmauer erzitterte...

Es begann zu knistern und zu krachen.

»He! Was ist denn...«, schrie Jim.

Als Cromwell und Lister in das Verlies stürzten, brach die Außenmauer mit großem Getöse in sich zusammen. Jim und Ted wurden mitgerissen. Auch die Steindecke begann einzustürzen.

Ironsides gelang es, Johnny in die hinterste Ecke des Verlieses zu rollen. Sie entkamen unverletzt. Ihre Bewacher dagegen vermochten sich nicht mehr zu befreien. Sie wurden unter dem Schutt begraben, kamen aber mit dem Leben davon.

Eine Weile blieb es totenstill.

Endlich begannen die beiden Männer zu ächzen und zu fluchen. Batterbys Stimme, angstvoll und aufgeregt, wurde hörbar.

»Wo seid ihr? Um Gottes willen! Was ist passiert?«, schrie er. »Ich dachte, der ganze Bau stürzt ein!«

»Schieben Sie den Steinblock da weg«, keuchte eine Stimme. »Mein Bein ist gebrochen.«

Ironsides sah die Gelegenheit gekommen.

»Hören Sie zu, Dr. Batterby. Die beiden Männer müssen sterben, wenn ihnen nicht geholfen wird«, rief er. »Können

Sie durch die Bresche hier greifen? Nehmen Sie Ihr Taschenmesser und schneiden Sie meine Fesseln durch.«

»Aber ich - Sir Hugo...«

»Zum Teufel mit Sir Hugo! Die beiden Männer gehen elend zugrunde, wenn Sie nichts tun. Das Dach kann jeden Augenblick ganz einstürzen...«

»Mach ihn los, alter Narr!« krächzte Ted. »Ich bin eingeklemmt und kann kaum atmen... Los, mach schon!«

Dr. Batterby, der vor Angst kaum mehr richtig denken konnte, zog sein Taschenmesser. Er hatte nur gezögert, weil er sich vor Vaizey fürchtete.

Er griff durch eine Lücke im Mauerwerk und schaffte es mit Mühe, die Fesseln des Chefinspektors zu zerschneiden. Ironsides brauchte keine Minute, um Johnny zu befreien. Gemeinsam hoben sie die Steinblöcke hoch. Sie zerrten die beiden Verletzten heraus. Während Dr. Batterby und Cromwell sie untersuchten, hastete Johnny ins Krankenzimmer und befreite Hazel. Ihre Augen glänzten. Sie hatte alles gehört.

»Sind die Männer schwer verletzt?«, fragte sie. »Hoffentlich können sie nichts mehr unternehmen. Und Mr. Cromwell?«

»Mit Ironsides wird so schnell keiner fertig«, erwiderte Johnny gutgelaunt. »Er ist wieder obenauf - und diesmal wird er die ganze Bande festnehmen.«

Als er wieder in den Korridor hinaustrat, beugte sich Hazel über den Kranken. Freddie war vor Erschöpfung eingeschlafen und nicht einmal durch den Einsturz der Mauer aufgewacht.

»Die beiden Männer müssen ins Krankenhaus«, sagte Dr. Batterby mit schwankender Stimme. »Hier kann ich sie nicht behandeln. Was sollen wir tun?« Er sah Cromwell flehend an. »Sie verhaften mich doch nicht, oder? Ich habe nichts Böses getan. Vaizey erzählte mir von einem Patienten, um den ich mich kümmern sollte. Ich wusste nicht, wer der junge Mann war. Als ich es erfuhr, konnte ich nicht mehr aussteigen. Vaizey ließ es nicht zu...«

»Ich verspreche nichts, aber wenn Sie nicht an den Verbrechen beteiligt waren, geschieht Ihnen nichts«, erwiderte Ironsides. »Beweisen Sie, dass Sie es ernst meinen, indem Sie auf die Verletzten aufpassen, bis ich Hilfe schicken kann - was nicht lange dauern wird.«

»Ich bleibe«, versprach Dr. Batterby eifrig. »Ich bin sehr froh. Ich wollte ja mit der ganzen Sache...«

Cromwell achtete nicht mehr auf ihn.

»Wir lassen Sie hier, Miss Faraday«, sagte er zu Hazel. »Die Gefahr ist vorbei. Ich schicke schnell Hilfe.«

Er hielt sein Wort. Er ging den Korridor entlang und fand die Wendeltreppe zu Sir Hugos Bibliothek. Voules erschrak, als Cromwell wie aus dem Nichts auftauchte. Der Chefinspektor wies sich aus und erteilte Befehle... Nach kurzer Zeit hatte er eine Gruppe von Leuten informiert, die zu den Verliesen hinuntersteigen sollten.

Dann ging Cromwell, ohne Vaizeys Gäste zu beachten, ins Spielzimmer. An einem Tisch saßen unter anderen Colonel Petherton-Charters und Bruce Aldrich beim Kartenspiel. Cromwell schritt auf sie zu.

»Tut mir leid, dass ich das Spiel unterbrechen muss, meine Herren, aber ich muss eine unangenehme Pflicht erfüllen«, sagte der Chefinspektor. »Ja, ich bin es wieder, Colonel. Ich nehme Sie wegen Beihilfe zum Mord an Lord Traviston fest. Sie auch, Mr. Aldrich. Dazu kommt Mittäterschaft bei Menschenraub. Begleiten Sie mich, meine Herren.«

Dreiundzwanzigstes Kapitel

Johnny Lister, der in den Verliesen zurückgeblieben war, um Hazel Faraday zu beschützen, hastete ins Haus hinauf, nachdem Ablösung eingetroffen war. Cromwell hatte inzwischen mehrere Telefongespräche geführt und Voules befragt.

»Du kommst gerade recht, Johnny«, sagte Ironsides. »Unten am Lift wartet ein Boot. Komm mit.«

»Na klar«, sagte Johnny.

Cromwell hatte keine Bedenken, die Insel zu verlassen. Unter den Gästen herrschte Aufruhr, und eine ganze Anzahl hatte sich freiwillig erboten, dem Chefinspektor behilflich zu sein. Hazel und Freddie waren jetzt in guten Händen; die Verletzten würde man umgehend ins Krankenhaus schaffen.

Petherton-Charters und Bruce Aldrich leisteten keinen Widerstand. Erst als sie die Küste schon fast erreicht hatten, begriffen sie, dass Cromwell ohne Haftbefehl vorgegangen war. Am Kai wurden sie jedoch von einer ganzen Anzahl uniformierter Polizisten empfangen.

»Inspektor Taplow?«, sagte Ironsides, als er an Land stieg. »Cromwell - Scotland Yard. Diese Herren sind Colonel Petherton-Charters und Mr. Aldrich. Die Beschuldigung lautet: Mord, versuchter Mord und Menschenraub.«

»Der Mann ist wahnsinnig, Inspektor«, brauste Aldrich auf. »Er hat keinerlei Beweise und auch keinen Haftbefehl. Wir sind Sir Hugo Vaizeys Gäste...«

»Unglaublich!«, empörte sich der Colonel. »Ich werde Cromwell wegen Verleumdung verklagen!«

»Wenn Sie nichts getan haben, macht es Ihnen sicher nichts aus, mich zur Polizeistation zu begleiten«, unterbrach ihn Inspektor Taplow. »Mr. Cromwell wird sich gerne entschuldigen, wenn ein Missverständnis vorliegen sollte.«

Der Polizeiinspektor hätte der Festnahme wohl nicht zugestimmt, wenn ihm Cromwell am Telefon, nicht erklärt hätte, dass Freddie Hollister auf Rock Island gefangen gehalten worden sei. Das belastete Sir Hugo Vaizey schwer genug. Dass Petherton-Charters und Aldrich eng mit Vaizey zusammenarbeiteten, war Taplow bekannt.

»Halten Sie sie fest, gleichgültig, womit sie drohen, Inspektor«, sagte Cromwell. »In wenigen Stunden habe ich so viel Beweismaterial in der Hand, dass sie für mindestens fünfzehn Jahre hinter Gefängnismauern verschwinden!«

»Ich halte sie fest«, versprach Taplow grimmig.

Cromwell hielt sich am Kai von Seaminster nicht länger als fünf Minuten auf. Er stieg wieder in das Motorboot, begleitet von Johnny, und nahm Kurs auf das Moorland.

»Was soll denn das, Old Iron?«, fragte der Sergeant.

»Vaizey ist nach London unterwegs«, antwortete Cromwell. »Er will nach Kingston - zum Pennyweather Cottage. Von der Katastrophe, die über ihn hereingebrochen ist, weiß er noch nichts. Er fährt zu dem Bungalow in der Meinung, wir wären immer noch seine Gefangenen.«

»Ja, das begreife ich«, erwiderte Johnny. »Aber warum vergeuden wir hier unsere Zeit?«

»Vaizey hat in der Nähe des Bootshauses auch einen kleinen Flugplatz und eine Sportmaschine«, fuhr Cromwell fort. »Wir leihen uns das Flugzeug, Johnny. Du hast ja einen Flugschein, Gott sei Dank. Mit ein bisschen Glück müssten wir zuerst am Cottage sein.«

»Gute Idee«, sagte Johnny. »Warte mal! Wenn Vaizey aber selbst mit der Maschine geflogen ist...?«

»Das glaube ich nicht. Vaizey ist ein guter Amateurpilot, aber bei Nacht wird er sich nicht zu fliegen trauen«, gab Cromwell zurück. »Du hast doch Nachtflüge gemacht, nicht wahr?«

»Und ob«, bestätigte der Sergeant. »Du würdest dich doch auf diesen Flug nicht einlassen, wenn du nicht genau informiert wärst.«

»Na gut. Hoffentlich lebe ich morgen noch«, meinte Ironsides zweifelnd. »Vaizey will Travistons Geständnis unbedingt in die Hände bekommen. Er fährt mit dem Auto und hat einen großen Vorsprung. Den halben Weg muss er schon hinter sich haben. Wir müssen uns beeilen, Johnny.«

Bill Cromwell hatte richtig geschätzt. In diesem Augenblick raste Vaizeys Wagen durch Esher, und London lag vor ihm.

Janssen saß am Steuer. Vaizey, der Zeit gehabt hatte, in Ruhe nachzudenken, war wieder ganz er selbst. Zum zehntenmal versicherte er sich, dass er auf der Insel alles ins Lot gebracht hatte.

»Bei zwei Bewachern können sich Cromwell und Lister nicht befreien«, murmelte er vor sich hin. »Batterby wagt niemals, meine Anweisungen zu ignorieren. In zwei oder drei Stunden - bin ich ja wieder zurück.«

Er wusste, dass seine Gäste tuscheln würden, aber bei seiner Rückkehr konnte er ihnen klarmachen, dass ihn dringende Geschäfte fortgerufen hatten. Sobald Travistons Geständnis gefunden und verbrannt war, hatte er nichts mehr zu befürchten. Jetzt konnte nichts mehr schiefgehen...

Trotzdem meldeten sich von Zeit zu Zeit leise Zweifel. Er drängte Janssen zu schnellerem Fahren, bekam aber die Antwort, dass hier Geschwindigkeitsbeschränkung angeordnet sei und man doch lieber die Polizei nicht aufmerksam machen wolle. Seltsamerweise wurde Vaizey wieder unruhig, als sie sich Kingston näherten. Irgendeine Stimme sagte ihm, dass er sich beeilen musste.

London lag im Schlaf. Die nächtlichen Schwärmer waren heimgekehrt, und auf den Straßen herrschte nur wenig Verkehr. Als Vaizeys Wagen endlich durch Kingston rollte, war es dort so still wie auf dem Land.

»Schneller, verdammt!«, zischte er. »Um diese Zeit achtet kein Mensch mehr auf uns. Der Bungalow ist nur noch ein paar Meilen entfernt, Janssen. Schneller!«

Der Fahrer beschleunigte das Tempo. Nach einigen Meilen bog er auf eine zum Fluss führende Nebenstraße ab. Schließlich holperte das Fahrzeug auf einem Pfad dahin. Lichter gab es hier keine. Janssen brachte den Wagen zum Stehen und schaltete das Licht aus.

»Hast du das gesehen, Old Iron?«, fragte Johnny.

»Natürlich!«, erwiderte Ironsides.

Aber Sir Hugo hörte davon nichts. Die beiden Verfolger befanden sich hoch über ihm. Johnny hatte keine Schwierigkeiten gehabt, die Maschine zu starten. Die Entfernung zwischen der Bucht von Melwater und Kingston war schnell überbrückt.

Cromwell war noch nie im Pennyweather Cottage gewesen, aber er hatte dem Colonel einige Fragen gestellt. Der Bungalow stand in einiger Entfernung vom Fluss ganz allein. Genau gegenüber, am anderen Ufer, gab es eine moderne Fabrik. Auf deren Turm blinkte eine Neonschrift, die um diese Zeit weithin zu sehen sein musste. Hinter dem Bungalow erstreckten sich Wiesen, und nach Fruitys Meinung gab es dort nur wenige Bäume...

Die Neonschrift flackerte hell.

Johnny hielt darauf zu, und als er den Fluss überflog, schaltete er den Motor aus. Er hatte ein Auto entdeckt.

Die kleine Sportmaschine flog lautlos dahin. Einen Augenblick später erloschen die Scheinwerfer des Autos.

»Vaizeys Wagen, wetten?«, sagte der Sergeant. »Wer treibt sich sonst nachts hier herum?«

»Keine Ahnung«, erwiderte Ironsides.

»Wieso?«

»Schon gut. Es kann nur Vaizey sein. Glaubst du, dass du im Dunkeln landen kannst?«

Sir Hugo Vaizey, der sich nur auf die bevorstehende Aufgabe konzentrierte, hatte keine Augen für den Himmel. Er starrte das dunkle Haus an, auf das er zuschritt.

Er verfügte über einen Vorteil: Er kannte das Haus gut. Leise öffnete er die Gartentür und ging hinein. Er sah ein, dass seine Nervosität unbegründet gewesen war. Kein Mensch hielt sich hier auf. In der näheren Umgebung stand kein zweites Gebäude.

Er vergeudete keine Zeit mit der Haustür, sondern ging nach hinten und schlug ein kleines Fenster ein. Er drehte die Klinke, öffnete das Fenster und stieg hinein.

Im Innern des Hauses knipste er seine Taschenlampe an. Mit schnellen Schritten erreichte er die Diele und leuchtete sie ab.

»Ah!«

Er seufzte zufrieden. Der Lichtstrahl hatte eine lange schmale Kiste erfasst, die kupfern glänzte. Sir Hugo kniete davor nieder und riss den Deckel hoch. Seine Hände zitterten. Wieder beschlich ihn der Zweifel.

Wenn ihn Freddie nun doch belogen hatte?

Sein Herz setzte beinahe aus, als er sah, dass die Kiste nur Buchenscheite enthielt. Aber der gesunde Menschenverstand sagte ihm, dass Traviston ein so wichtiges Dokument nicht offen zur Schau gestellt haben würde. Vaizey zerrte an der Rückwand der Kiste. Sie löste sich... Ja, dort war etwas versteckt... Sir Hugo Vaizeys Finger ergriffen ein dickes Päckchen, das versiegelt war. Er drehte es um und erkannte Travistons Handschrift. *Für meinen Sohn Frederick.* Vaizey seufzte tief. Die Tage des Zweifels und der Unsicherheit waren vorbei. Er und seine Gehilfen befanden sich endgültig in Sicherheit...

Vierundzwanzigstes Kapitel

Bill Cromwell hielt sich fest. Die kleine Sportmaschine setzte zur Landung an.

Er hätte sich keine Sorgen zu machen brauchen. Im letzten Augenblick ließ Johnny die Scheinwerfer aufflammen. Er sah eine ebene Wiese vor sich. Sie waren noch ein gutes Stück vom Bungalow entfernt, aber Johnny zog es vor, die Maschine auf einem günstigen Landeplatz aufzusetzen.

Die Räder berührten den Boden, holperten, rollten. Ironsides und Johnny wurden durchgeschüttelt, und das kleine Flugzeug ächzte in allen Fugen. Endlich kam es zum Stehen.

»Ich dachte, hier ist es eben«, entschuldigte sich Johnny, als er die verklemmte Tür aufstieß. »Dabei ist hier ein Buckel neben dem anderen.«

»Das war aber reichlich riskant«, meinte Ironsides. Er sprang aus der Kabine und schaute sich um. »Da vorne ist ein Graben, und die Hecke hätten wir beinahe auch gestreift...«

»Geschafft ist geschafft.«

»Richtig. Aber sei bitte leise. Wir müssen uns beeilen. Vaizey muss schon im Haus sein...«

Sie schauten sich um. In einiger Entfernung konnten sie die dunklen Umrisse des Bungalows erkennen...

Ein klirrendes Geräusch drang an ihre Ohren.

»Hast du das gehört?«, flüsterte Cromwell. »Er hat eine Scheibe eingeschlagen. Los, Johnny.«

Sie rannten auf das Haus zu.

Bevor sie es jedoch erreichten, hatte Sir Hugo Travistons Geständnis schon entdeckt. Sir Hugo fackelte nicht lange. Er riss die Umhüllung herunter und nahm den Inhalt heraus. Er hatte ein Manuskript von etwa dreißig Seiten vor sich, handgeschrieben.

Die Überschrift lautete: *Bericht über Transaktionen mit Sir Hugo Vaizey, Bruce Aldrich und James Petherton-Charters in den vergangenen zehn Jahren.*

Das Schriftstück war in Form eines Briefes an Freddie abgefasst und stellte im ersten Absatz klar heraus, dass er sofort Scotland Yard verständigen solle.

Lass dich nicht von dem Wissen beirren, dass die Veröffentlichung deine Mutter und dich ins Unglück stürzt. Ich bin ein Feigling, Frederick. Ich bin tot, und mich kann nichts mehr stören. Nur mein Name ist betroffen. Du darfst nicht vergessen, dass du dieses Schriftstück nur in die Hand bekommst, wenn ich überzeugt bin, dass mich Vaizey ermorden will. Was ich jetzt zu schreiben habe, wird seinen Machenschaften ein Ende setzen. Du hast die Pflicht, die Polizei zu informieren. Wenn du das Geständnis unterdrückst, verschaffst du meinen Mördern die Freiheit. Außerdem werden sie dich in der Hand haben.

Vaizey überflog die erste Seite und blätterte hastig in den Aufzeichnungen herum.

»Um Gottes willen!«, flüsterte er. »Der Narr wollte alles ausplaudern. Das wäre unser Ende gewesen. Das Beweismaterial ist komplett.«

Seine Erleichterung kannte keine Grenzen. Der Verräter war tot, und die Polizei würde die Täter niemals fassen. Morgen früh würde auch Freddie das Zeitliche segnen...

Vaizey dachte plötzlich an Cromwell. Er lächelte schief. Der Chefinspektor war selbst schuld.

Dank seiner Einmischung galt es jetzt, vier Personen zu beseitigen. Nun ja, das fiel auch schon nicht mehr ins Gewicht. Auf Rock Island hatte nur Vaizey zu bestimmen. Und dort hockten sie alle, völlig hilflos. Die Polizei mochte denken, was ihr beliebte. Die Spur führte zwar nach Seaminster und vielleicht sogar auf die Insel, aber dort endete sie auch.

Vaizey lachte. Er zog eine Streichholzschachtel aus der Tasche. Morgen konnte ganz Scotland Yard die Insel besetzen. Niemand würde etwas finden. Die alten Verliese mussten zerstört, der Tunnel aufgefüllt werden. Die Höhle nebst Zugang konnte man sprengen.

Ja, nun konnte nichts mehr passieren. Die Woche war anstrengend gewesen, aber jetzt winkte absolute Sicherheit... Er entzündete ein Streichholz, hielt das Manuskript hoch und näherte die Flamme dem Papier.

Peng!

Das Glas eines großen Fensters barst in tausend Stücke, und ein greller Lichtstrahl richtete sich auf Sir Hugo.

»Lassen Sie das Streichholz fallen, Vaizey«, tönte eine scharfe Stimme.

Aber Sir Hugo hatte es längst fallen lassen. Durch den Schock war es seinen kraftlosen Fingern entglitten. Er starrte fasziniert wie ein Kaninchen vor der Schlange in das Licht. - Diese Stimme...

Inspektor Cromwells Stimme... Unmöglich - unfassbar - ausgeschlossen! Vaizey richtete sich auf. Als er hörte, wie das Fenster geöffnet wurde, riss er die Augen noch weiter auf. Johnny Lister zwängte sich durch die Öffnung.

»Tut mir leid, Vaizey, aber Sie haben kein Glück mehr«, sagte Ironsides. »Wir sind gerade im richtigen Augenblick gekommen. Johnny, nimm ihm das Schriftstück weg. Dann legst du ihm Handschellen an.«

Sir Hugo, dessen Traum von der Sicherheit wie eine Seifenblase geplatzt war, riss die Hand empor. Etwas Stählernes blitzte auf.

»Noch haben Sie mich nicht, Cromwell...«

Ein Schuss peitschte durch die Nacht. Cromwell hatte zuerst abgedrückt. Das Geschoss riss Sir Hugo einen Finger weg. Seine Waffe fiel zu Boden. Vaizey drehte sich auf dem Absatz um und lief zu einem Fenster. Er hatte vergessen, dass auf dem glatten Boden Fellteppiche lagen.

Seine Beine rutschten unter ihm weg. Hilflos ruderte er mit den Armen. Etwas flog durch die Luft.

»Ich habe ihn, Old Iron«, keuchte Johnny.

Aber Vaizey gab sich noch nicht geschlagen. Er sprang auf, packte einen Stuhl und schwang ihn. Johnny konnte sich im letzten Augenblick zur Seite werfen.

»Sie sind sehr dumm, Vaizey«, sagte Cromwell ruhig.

Er schnellte vor und erreichte Sir Hugo, bevor dieser sein Gleichgewicht wiedergewonnen hatte.

Cromwells Faust knallte an Sir Hugos Kinn. Vaizey sackte zusammen.

»Wunderbar, Ironsides«, sagte Johnny anerkennend. »Mit dem Schlag könntest du Weltmeister werden!«

»Vaizey kam erst nach einer Stunde zu sich - in der Polizeistation von Kingston. Meine Knöchel haben mir eine Woche lang weh getan.«

Cromwell zwinkerte Freddie, dem Siebten Baron von Traviston, zu. Der Patient hörte den Bericht zum ersten Mal.

Inzwischen waren drei Wochen vergangen...

Freddie lag in seinem eigenen Zimmer im Hause Traviston. Er hatte sich rasch erholt, so gut, dass er schon sitzen durfte. Die Verbände hatte man abgenommen. Ironsides saß auf der einen Seite des Bettes, Hazel auf der anderen. Freddie hatte eben erfahren, dass Vaizey, Petherton-Charters und Aldrich dem Schwurgericht im Old Bailey überstellt worden waren. Infolge der Aussagen des Colonels hatte man auch Mason und Streeter festnehmen können. Janssen war von Cromwell noch in derselben Nacht verhaftet worden, als er in Sir Hugos Wagen auf die Rückkehr seines Arbeitgebers gewartet hatte.

»Das ist alles so verwirrend«, meinte Freddie. »Ich kann mich an die Ereignisse auf der Insel gar nicht richtig erinnern. Das ist wie ein verworrener Traum.«

»Die meisten Träume vergisst man schnell«, sagte Ironsides. »Tun Sie es mit diesem auch.«

»Ja, Freddie«, sagte Hazel lächelnd. »Es ist besser, wenn wir beide das vergessen.«

Freddie sah sie verwundert an.

»Wenn du vergisst, was man mit dir dort angestellt hat, glaube ich an ein Wunder«, sagte er. »Du hast dich tapfer gehalten. Und bei Ihnen habe ich mich noch gar nicht bedankt, Mr. Cromwell und Mr. Lister. Wenn Lister nicht so aufmerksam gewesen wäre...«

»Johnny hat die Augen offengehalten, stimmt«, bestätigte Ironsides. »Aber Tom Wigley schulden Sie genauso viel Dank.«

»Ich werde ihn nicht vergessen«, sagte Freddie. »Ich kaufe ihm ein neues Boot, oder vielleicht eine kleine Gastwirtschaft, in Seaminster - was ihm eben lieber ist.« Er machte eine Pause und sah Cromwell an. »Ich verstehe nur nicht, warum der Name meines Vaters nicht in den Schlagzeilen erscheint, Mr. Cromwell.«

Seit Wochen berichteten die Zeitungen über nichts anderes als über Vaizey und seine Genossen. Lord Traviston war jedoch nie als Mitglied dieser Organisation erwähnt worden.

»Dafür müssen Sie sich bei meinem Chef bedanken«, erwiderte Cromwell verlegen. »Als alle Tatsachen bekannt waren, fand eine Besprechung der hohen Herren statt, und der Chef entschied, dass Ihr Vater nur das Werkzeug von Vaizey gewesen ist. Verflixt, hat er für seine Dummheiten nicht mit dem Leben bezahlen müssen? Der Chef sah nicht ein, warum Frau und Sohn darunter leiden sollten.«

Freddie sah Ironsides in die Augen.

»Ich bin zwar noch krank und habe ein Riesenloch im Kopf, aber das machen Sie mir nicht weis, Mr. Cromwell«, sagte er. »Hazel und ich wissen ganz genau, wem wir das zu verdanken haben.«

Chefinspektor Cromwell wurde rot.

ENDE

Besuchen Sie unsere Verlags-Homepage:
www.apex-verlag.de

ISBN 978-3-7529-5155-4

www.epubli.de